紫式部の娘。

賢子《かたこ》はとまらない！

作 篠 綾子
絵 小倉マユコ

JN146172

静山社

始まりの章　10

◆◆◆

第一章　美しき女房《にょうぼう》の謎《なぞ》　17

第二章　宇治《うじ》の紫式部《むらさきしきぶ》　60

第三章　親しき友と恋《こい》しき人　100

第四章　賢子危うし！　129

第五章　恋する文月　170

第六章　めぐりあいて　207

◆◆◆

結びの章　249

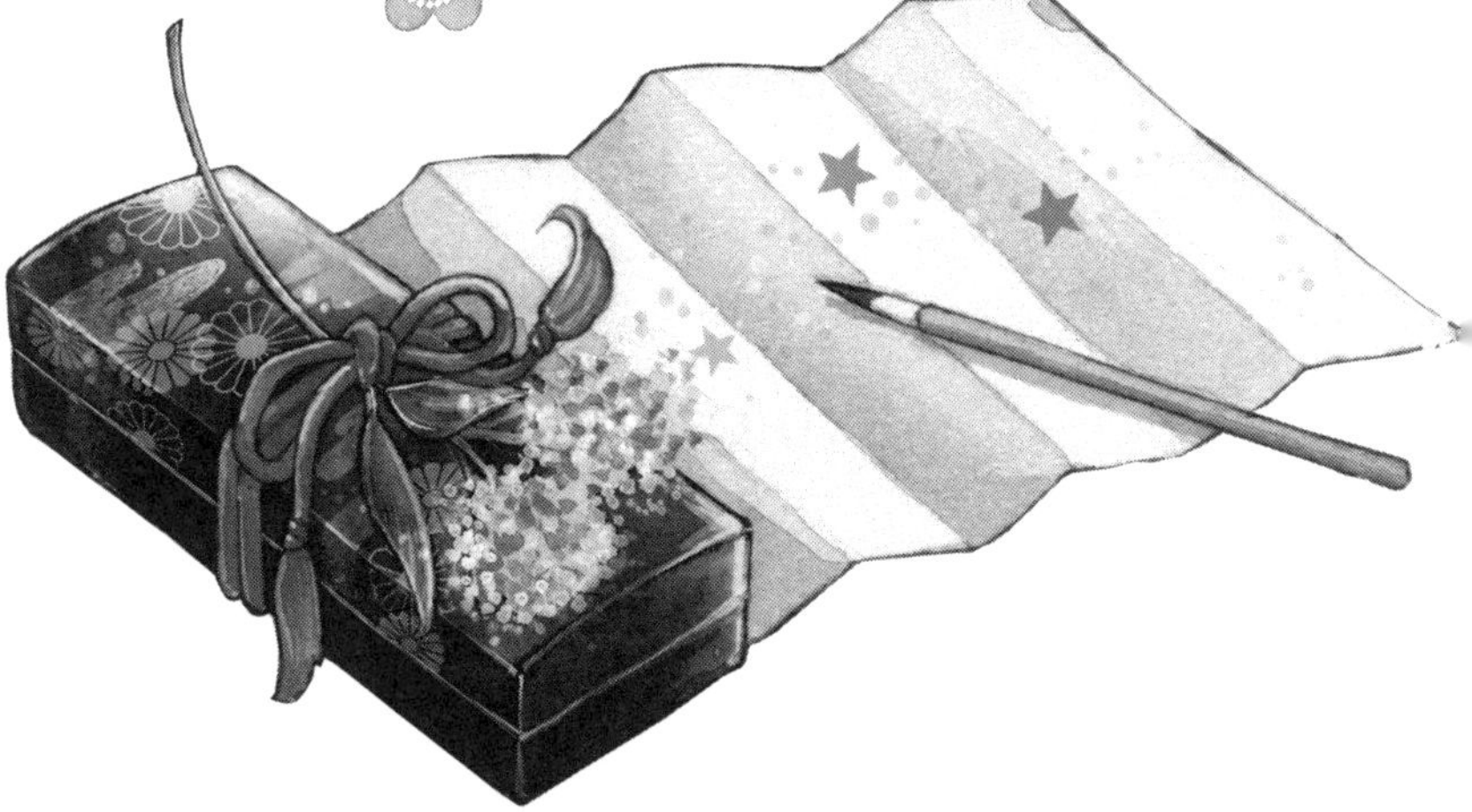

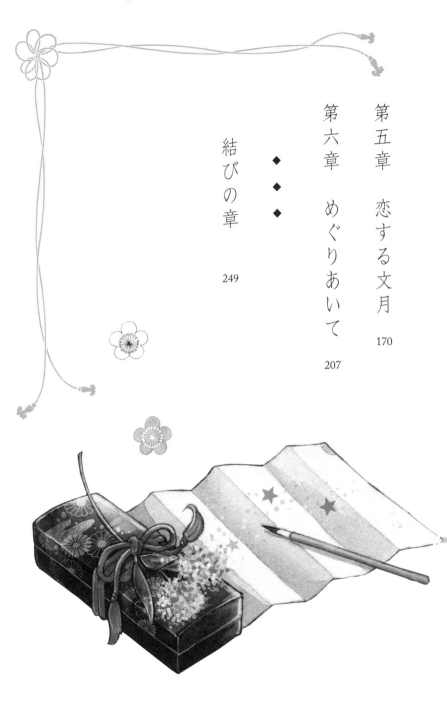

主《おも》な登《とう》場《じょう》人《じん》物《ぶつ》
賢子
かたこ
紫式部《むらさきしきぶ》の娘《むすめ》。
負けず嫌《ぎら》いの
夢見る十五歳《さい》
三位中将
頼宗
さんみのちゅうじょう
よりむね
藤原道長の子で、
今光君と噂《うわさ》の
美青年
小式部
こしきぶ
恋《こい》多き女
和泉式部《いずみしきぶ》の娘で、
賢子のライバル
小馬
こま
面倒見がよく、
賢子の世話係的
存在

中将君良子
ちゅうじょうのきみよしこ
現役女官の娘で女房《にょうぼう》の間でも幅をきかせている

藤袴
ふじばかま
新入りの女房。賢子と同じ十五歳の美少女だが、かなりの天然!?

粟田参議 兼隆
あわたのさんぎ かねたか
凛々《りり》しく、勇ましく、鈍感《どんかん》で、賢子に熱烈片想い中の貴族

紫式部
むらさきしきぶ
かの有名な『源氏物語』の作者で賢子の母

◆皇太后彰子

◎こうだいごう あきこ

かつては紫式部が、今は賢子が仕える女主人

◆蔵人 源朝任

◎くろうど みなもとのあさとう

故大納言時中の息子。人柄のよい好青年

◆雪

◎ゆき

賢子の女童《めのわらわ》。幼いが賢《かしこ》く賢子の恋にやきもきする

この物語に登場する藤原家の相関図

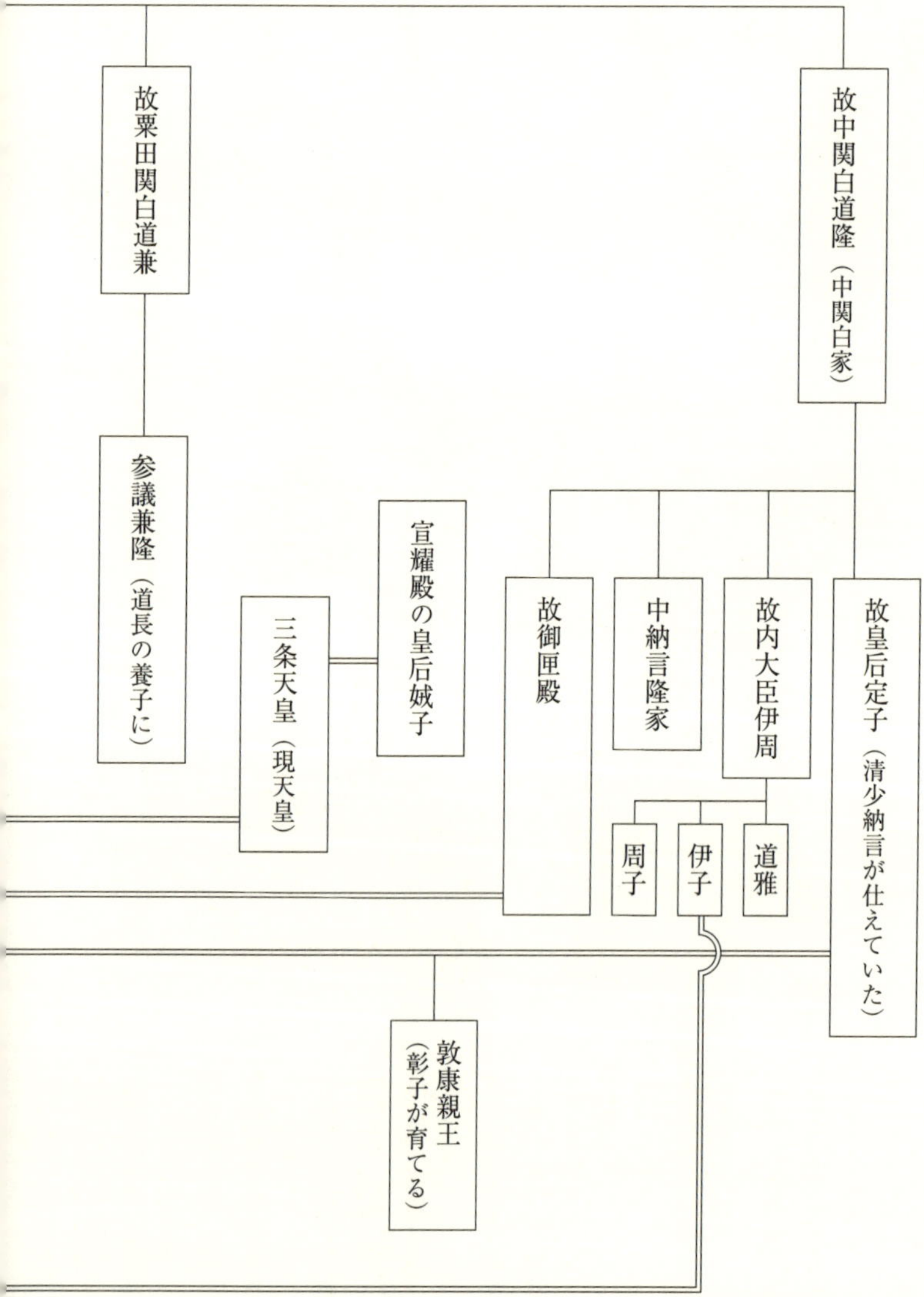

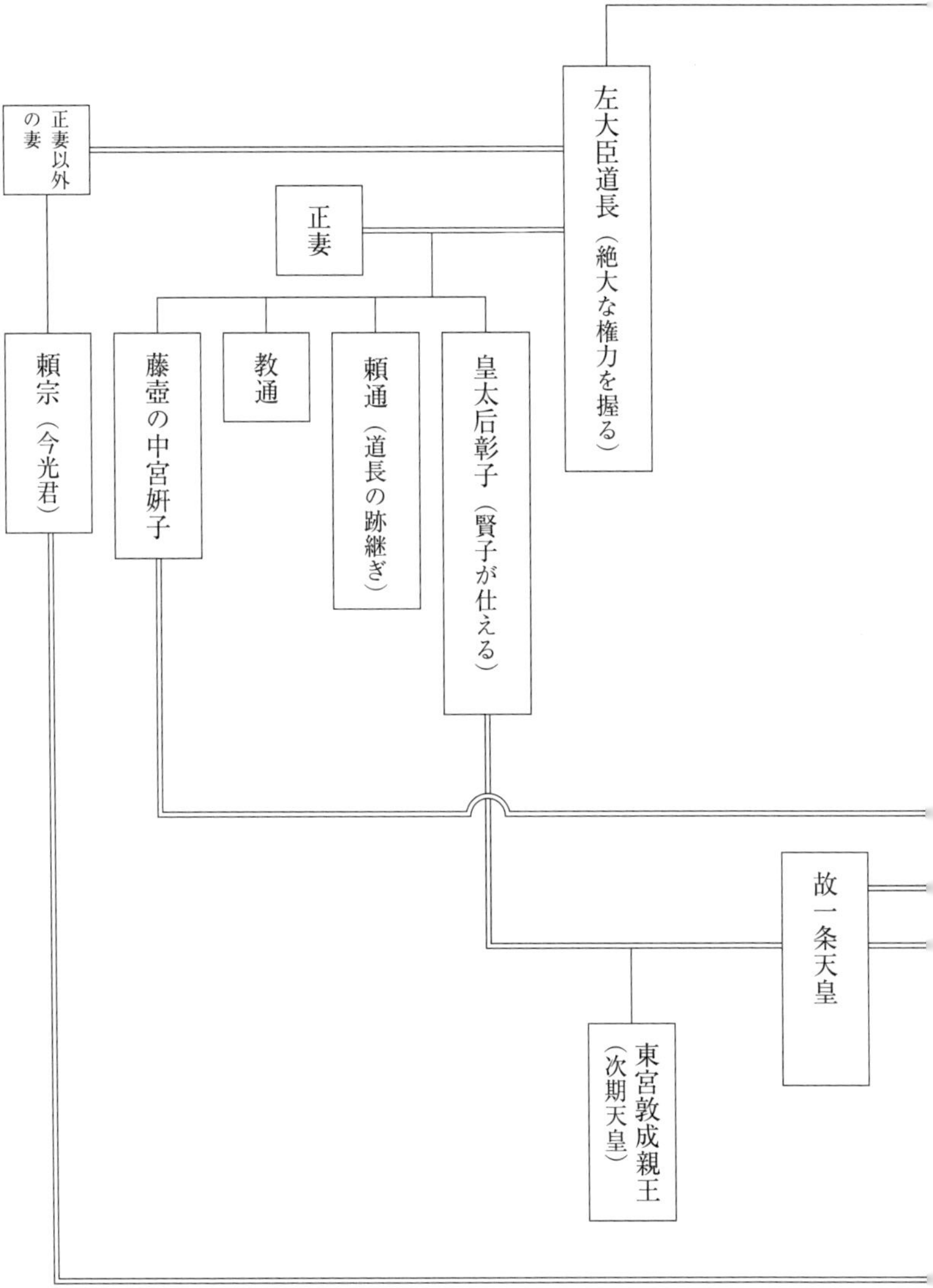
左大臣道長（絶大な権力を握る）
正妻以外の妻
正妻
皇太后彰子（賢子が仕える）
頼通（道長の跡継ぎ）
教通
藤壺の中宮妍子
頼宗（今光君）
故一条天皇
東宮敦成親王（次期天皇）

紫式部の娘。賢子はとまらない！

始まりの章

――お母さま、お健《すこ》やかでいらっしゃいますか。私は無事でございますので、ご安心くださいませ。

賢子《かたこ》はそれだけ書いて、いったん筆を止めた。

書きたいことは山のようにあるが、母へ文《ふみ》（手紙）を書くのはとても気をつかう。なぜなら、賢子の母はあの『源氏物語』を書いた、いや、今も書き続けている紫式部《むらさきしきぶ》だからだ。

それに、陽気で明るい賢子と違《ちが》い、母はやたらと細かく、心配性で人の目を気にする性《た》質《ち》であった。

母は皇太后彰子《こうたいごうあきこ》に仕《つか》えていたが、少し前に平安京の南の地、宇治《うじ》に隠居《いんきょ》した。その母に代わって、今では賢子が皇太后の御所《ごしょ》でお仕えしている。

（近ごろの一大事件といえば、やはり藤袴《ふじばかま》のことよね）

賢子は書くことを決め、思いをめぐらせた。

藤袴は賢子の後に入ってきた新人の女房《にょうぼう》である。女房とは高貴な人にお仕えする女性のことで、賢子と立場は同じだ。藤袴というのは本名ではなく、この御所での呼び名であるが、秋の七草でもある美しい薄《うす》紫の花の名であり、『源氏物語』の巻名の一つでもある。年齢《ねんれい》もたまたま同じ十五歳《さい》。

同い年の女房は他にもいる。歌人として有名な和泉式部《いずみしきぶ》の娘《むすめ》小式部《こしきぶ》や、宮中の女官《にょかん》を母に持つ中将君良子《ちゅうじょうのきみよしこ》だ。

この二人に、清少納言《せいしょうなごん》の娘で、賢子たちより五つ年上の小馬《こま》を加えた四人組が、目下、賢子の仲間であった。

（でも、あの人たちは友と呼べるのかしら）

賢子は少しばかり疑問を覚える。

もちろん、一緒《いっしょ》にいて楽しい時も多い。しかし、お姉さんぶった小馬をうるさく感じることや、小式部にだけは負けたくないと思うことや、まとわりついてくる良子をうっとうしいと思うことが、賢子にはある。

もっと対等な立場で、互《たが》いを尊重し合い、一緒にいることで高め合っていけるような友が、どこかにいるのではないか。そんなことを思っていた頃《ころ》、賢子は藤袴に出会った。

（なんて、きれいな人――）

藤袴は御所に初めて現れた時から、とても目立っていた。

美人ともてはやされる切れ長の目は、まるで星を宿した夜空のように見える。賢子自身は、まったく流行《はや》らない二重のやや大きな目に引け目を感じているので、うらやましくてならなかった。

三日月の眉《まゆ》、色白の肌《はだ》、薄紅色《うすべに》に輝《かがや》く頬《ほお》——これだけ美しければ、さぞや自分の容姿に自信が持てるだろう。皇太后の御前《おまえ》でも物おじすることなく、しっかりと受け答えをする姿は立派で、聡明《そうめい》さもにじみ出ていた。

同性の同い年でありながら、あこがれてしまう。藤袴はそんな少女だった。

父親は大納言《だいなごん》源《みなもとの》時中《ときなか》で、身分も高く家柄《いえがら》もいい。ただ、時中は十年以上も前に亡くなっていたから、今は誰《だれ》か別の人が後見《うしろみ》（世話をする人、保護者）になっているのだろう。

同じように父を亡くしている賢子は、その点でも親近感を覚えた。

「私はこの御所では越後弁《えちごのべん》と呼ばれていて、名は賢子というのよ。分からないことがあったら、何でも訊《き》いてちょうだい」

親しくいたしましょう——うきうきした気分で、賢子は誰よりも早く申し出たのであったが、この時、藤袴の反応は変わっていた。不思議そうに首をかしげたのである。

ここは、ふつう嬉《うれ》しそうな顔を見せるところだろう。

だが、藤袴は無表情だった。美しい顔からはこれといった感情が読み取れず、正直なところ、大きな人形でも相手にしているような気分。

「分からないことは特にございませんので、今は一人でも平気でございます。何かあれば

お尋《たず》ねいたしますので、その時、改めて親しくしてくださいませ」

では、ごきげんよう――藤袴は丁寧《ていねい》な口ぶりで言うと、去っていった。

「何？　あの子、今、何て言ったの？」

傍《かたわ》らでこのやり取りを聞いていた良子が、目を丸くしていた。藤袴の言うことが理解できないのは、賢子も同じだった。

（私と親しくなるのが嫌《いや》なわけ？　そんなふうにも見えなかったけれど……）

何を考えているのか、さっぱり分からない。物語を書く母であれば、そういった心の襞《ひだ》が分かるのだろうか。そこのところを、ぜひとも文《ふみ》で尋ねてみたいところであった。

――さて、近ごろの皇太后御所の様子でございますが……

賢子が続きを書き出すべく、紙の上に筆を走らせた直後のことであった。

「越後弁殿《どの》！」

局《つぼね》と呼ばれる部屋の戸をせっかちに叩《たた》きながら、声をかけてくる者がいる。

「中にいるのでしょう。すぐに開けてちょうだい」

賢子に仕えている女童《めのわらわ》の雪《ゆき》があたふたと戸を開けるや否《いな》や、良子が中に飛び込んできた。

「大変よ。藤袴がいじめられているの」

聞き苦しいくらいの早口で、良子は告げた。

「いじめって、まさか、あなたのお仲間がしていることじゃないでしょうね」

賢子は筆を放り出しながら、訊《き》き返した。

新しく入った女房がいじめられるのは、いつものことだ。賢子も一年前、御所へ上がったばかりの頃《ころ》、いじめられた。その時、賢子をいじめていたのは、この良子の仲間たちだったのである。

「違《ちが》うわよ」

良子は頬《ほお》をふくらませて言い返した。

「藤袴をいじめたら越後弁が怒《おこ》るから、やめておきなさいって忠告したもの」

「私が怒るからって、どういう忠告の仕方なのよ」

「だって、あなたの仕返しがいちばん怖《こわ》そうでしょ」

良子は澄《す》ました顔で言う。

「じゃあ、一体、誰《だれ》が藤袴をいじめてるわけ？」

賢子は急いで立ち上がり、良子と一緒《いっしょ》に部屋を出て行きながら尋ねた。

「さっき、藤袴にからんでいたのは、烏丸《からすま》さまと左京《さきょう》さまたちだったわ」

烏丸も左京も賢子たちより十歳《さい》ほど年長の、この御所の中では中堅《ちゅうけん》といった頃合いの女房たちである。

「あの方たち、もういじめをするようなお年でもないでしょうに……」

良子にいじめの現場へ案内してもらいながら、賢子は首をかしげた。

「別に、人をいじめるのに年齢《よわい》なんて、関係ないんじゃないの？」

「そんなもんかしら」

「そうよ。だって、何歳《さい》になったって、気に入らない人がいたら追い出したくなるでしょ」

良子は分かったような口を利《き》く。

「そうかしら？」

そのあたりには疑問が残るが、いずれにしても、藤袴のことは守ってやらなければならない。御所に上がったばかりの少女にとって、いじめは心身にこたえるものである。

相手が誰《だれ》であろうと——たとえ十歳も年上の先輩《せんぱい》であろうと、庇《かば》ってあげなければならない。賢子はそう覚悟《かくご》を決めた。

第一章　美しき女房《にょうぼう》の謎《なぞ》

一

　そこは、女房たちの局《つぼね》（部屋）が並んでいる渡殿《わたどの》であった。渡殿というのは、広くて長い廊下《ろうか》であるが、その一部を区切って部屋として用い、この御所《ごしょ》に暮らす女房たちに貸し与《あた》えているのである。

　一つ一つの部屋には壁《かべ》もあるし、戸もついてはいるが、いずれも取り外し可能であった。そのため、話し声などはわりと漏《も》れやすい構造である。

　良子《よしこ》が賢子《かたこ》を連れていったのは、藤袴《ふじばかま》の部屋であった。その戸口に四人のお姉さまたちが立ちはだかり、中にいる藤袴にあれこれと言いがかりをつけているところらしい。近づくにつれて話し声が耳に入ってきた。

「あの……。出て行けとおっしゃられても、わたくし、まだこちらへ来たばかりでございますし」

というおっとりした声は、藤袴のものだ。

「あのねえ、来たばかりだからこそ言ってるの。御所の雰囲気《ふんいき》になじめなくて、すぐ辞《や》める人も多いんだから。あなたも、もうやっていけないって泣きつけばいいのよ」

せかせかと苛立《いらだ》ったように言い返しているのは、烏丸《からすま》の声。

背が高く痩《や》せぎすなことを気にして、いつも猫背《ねこぜ》で歩いている。しかし、昂奮《こうふん》するとそれを忘れてしまうらしく、今は他の仲間たちより頭が半分ほど上へ突き出ていた。

「泣きつくって、誰《だれ》にですか」

「あなたの後見《うしろみ》（世話をする人）よ。父君がいないのだから、親戚《しんせき》のお世話になってるんでしょ。その人に言えばいいの。私はもう御所でお勤めするのは無理だって」

烏丸に高い位置から甲高《かんだか》い声でわめかれると、それだけで相当の威圧《いあつ》を感じるはずであったが、

「別に、無理ではございませんわ。わたくし、見るもの聞くものすべてめずらしくて、もっとこの御所にいたいと思いますもの」

応じる藤袴の声は、あまりこたえたふうではなかった。

「はあ？　誰があなたにお伺《うかが》いを立てたのよ。あなたの意見なんか聞いちゃいないの。出て行けって言われたら、黙《だま》って出て行けばいいのよ」

少し蓮《はす》っ葉《ぱ》な物言いは左京《さきょう》のものだろう。

「それとも何？　もっとつらくて痛い目に遭《あ》わなければ、出て行くことができないって言いたいわけ？」

左京が足をずいと前へ出したようだ。藤袴の衣裳《いしょう》の裾《すそ》でも踏《ふ》んで動けないようにしたか。それとも、足を踏みつけて、言葉どおり、痛い目に遭わせているのか。

いずれにしても黙《だま》って見てはいられない。賢子はその場に飛び出していた。

「皆《みな》さま、おやめください」

烏丸や左京たちの目が、いっせいに賢子の方に集まってくる。年上のお姉さまたちからじろりと睨《にら》みつけられるのは、賢子でも少し怖《こわ》かった。

「あら、越後弁《えちごのべん》。ごきげんよう。私たちに何の御用《ごよう》？」

左京が先ほどの蓮っ葉な物言いとは異なり、やけにもったいぶった口ぶりで言う。

「あ、あの。藤袴殿《どの》が困っているようでしたので。別に、出て行きたくないという人を、無理に追い出そうとしなくてもよいのではないでしょうか」

第一、それはあなたたちが決めることじゃないでしょ――そう付け加えたいところではあったが、相手が年上の方々だということを考え、賢子はかろうじてこらえた。

「あら、なあに。越後弁ったら、私たちがまるで藤袴をいじめているみたいなことを言うのねえ」

「……別に、そうは言っておりませんが」

さすがの賢子も、思わず退《ひ》いてしまいそうになる。

（少しは助け舟《ぶね》を出してちょうだいっ！）

そう思いながら振《ふ》り返ると、何と、そこには誰《だれ》もいないではないか。

背後からついて来ているはずの良子は、いつの間にか、影《かげ》も形も見えなかった。

（あの子ったら形勢不利と見るや、さっさと雲隠《くもがく》れしたわね）

歯《は》噛《が》みしながら思ったが、飛び出してしまった以上、今さらどうしようもない。

「ちょっと、越後弁ったら、どこ向いてるのよ。私たちと話している最中に失礼だとは思わないわけ？」

烏丸の嫌《いや》みが飛んできた。賢子は仕方なく「申し訳ありません」と言って、お姉さまたちに向き直る。

「私たちはね。別に、藤袴が気に食わないから出て行けとか言ってるわけじゃないのよ。藤袴がいることで、この御所の平穏《へいおん》がかき乱されるから、出て行ってくださいとお願いしているわけ」

お願いという感じには聞こえなかったが……。もちろんそうは言わず、

「平穏がかき乱されるって、どういうことですか」

と、賢子は下手《したて》に出て尋《たず》ねた。

「あら、あなた、知らないの？　藤袴は先帝《せんてい》の御匣殿《みくしげどの》にそっくりだって、古い女房の方々がおっしゃっていることを——」

御匣殿というのは、彰子の夫一条《いちじょう》天皇にお仕《つか》えしていた女性のことである。

一条天皇の後宮《こうきゅう》（天皇の妻たちが暮らす宮殿《きゅうでん》）におけるさまざまな問題は、彰子の人生にも深い影《かげ》を落としていた。

一条天皇の最初の后となったのは、中関白《なかのかんぱく》と呼ばれた藤原道隆《ふじわらのみちたか》の娘定子《むすめさだこ》。摂政《せっしょう》や関白《かんぱく》を出す藤原氏一門の中で、最も高い家柄《いえがら》の出身である。

定子は天皇に深く愛され、子にも恵《めぐ》まれた。定子の生きざまについては、お仕えしていた清少納言が、あの有名な『枕草子《まくらのそうし》』に書いているとおりだ。

ところが、藤原氏といっても、いくつもの家に分かれているし、決して一つにまとまっているわけではない。

藤原氏同士で、場合によっては父子や兄弟、叔父《おじ》と甥《おい》の間で、熾烈《しれつ》な権力争いが起こる。

中関白道隆の死後、その権力を狙《ねら》ったのが、その弟で、彰子の父でもある藤原道長《みちなが》。

道長は、次兄《じけい》の道兼《みちかね》が長兄道隆の後を追うように亡くなると、頭角を現した。

権力を握《にぎ》るため、最も効果があるのは娘を天皇の妻として、生まれた皇子《みこ》を次の天皇と為《な》すこと。道長は長女の彰子にその期待をかけた。

彰子はわずか十二歳《さい》で一条天皇のもとへ入内《じゅだい》（輿入《こしい》れ）したのだが、この頃《ころ》、天皇の寵《ちょう》愛《あい》は定子が一身に集めていたという。

ところが、定子の兄弟である伊周《これちか》、隆家《たかいえ》らは、叔父《おじ》道長との政争に敗れて失脚《しっきゃく》。その後、定子自身も三人の子を遺《のこ》して他界した。

中関白家は衰退《すいたい》の一途《いっと》をたどった。

やがて、伊周、隆家兄弟は復帰を果たすが、昔ほどの栄華《えいが》は取り戻《もど》せない。ただし、期待の芽はあった。

道長が擁《よう》する彰子はなかなか懐妊《かいにん》せず、代わりに定子の妹御匣殿《みくしげどの》が天皇に愛されて、懐妊したのである。

御匣殿は定子に似ていたという。しかし、この御匣殿は産み月を迎《むか》えるより先に亡くなってしまった。

御匣殿の懐妊に道長が不快でなかったはずはなく、陰陽師《おんみょうじ》を使って呪《のろ》いの儀式《ぎしき》を行わせた、などともささやかれたらしい。が、権力者にとって都合の悪い噂《うわさ》は、やがて消えてなくなるものだ。

こうして、道長と彰子にとって目の上の瘤《こぶ》であった御匣殿は、この世を去った――。

だが、亡くなり方が哀《あわ》れなものだったからだろう、そのしこりはずっと彰子の御所《ごしょ》内に残されることになったのである。

「もちろん知っておりますわ」

その時、賢子の背後から声がした。

振《ふ》り返ると、良子がいる。そして、どういうわけか、小式部《こしきぶ》と小馬《こま》もいた。

相手が四人だから、こちらも数をそろえようと思ったのか、良子は小式部と小馬を引きずり出してきたようだ。

「古くからこちらにお仕《つか》えしておられる方々は皆《みな》、一様に不吉《ふきつ》な心地がするとおっしゃっておいでですもの」

烏丸たち相手に、堂々と言い返したのは良子であった。

「ですから、私、宮中にお仕えしているお母さまに、そのことお伝えしてみましたの。そうしたら、他人の空似などよくあることだし、不吉だの恐《おそ》ろしいだのと騒《さわ》ぐのは愚《おろ》かだって叱《しか》られましたわ。だって、こちらの皇太后さまが恨《うら》まれたり呪《のろ》われたりする理由がありませんもの」

「なっ、中将君《ちゅうじょうのきみ》（良子）のお母上って、内侍《ないし》の修理典侍《すりのすけ》さまよね」

左京が少し怯《ひる》んだようになる。

「中将君の言うとおりだわ。そもそも、不吉だと騒ぐのって、皇太后さまが御匣殿に呪われてるって言ってるようなものですもの。それって、失礼なことですわよね。小馬さまも小式部殿もそう思われるでしょ？」

賢子は勢いに乗って、良子の後ろに従わされていた小馬と小式部を巻き込《こ》んだ。

「え、ええ。まあ、そういうふうに考えることもできなくはないようですけれど……」

小馬は烏丸たちに遠慮《えんりょ》があるのか、歯切れの悪い物言いである。

一方、小式部はさも気だるそうに、だが、それでいて十分かわいらしく見えるよう気をつかって、小さくあくびをした。

「そもそも、何のお話ですの」

舌足らずな甘《あま》い声で、小式部が言う。

「誰《だれ》が御所に来ようと、御所から出て行こうと、私には何の関わりもありませんわ。興味もありませんし。もっとも、藤袴殿《どの》の兄上の朝任《あさとう》さまから頼《たの》まれたっていうなら、話は別ですけれど」

源朝任は小式部と親しい貴公子《きこうし》で、大納言時中《だいなごんときなか》の息子だから藤袴の兄ということになる。だが、何の脈絡《みゃくらく》もなく唐突《とうとつ》に朝任の名を持ち出されて、左京は面食らったようであった。

「はあ?　朝任さまがどうしてここに出てくるのよ。小式部の頭の中ときたら、殿方《とのがた》のことしか入ってないわけ?　まったく、殿方との付き合いが多い母君そっくりね」

態勢を立て直した左京がここぞとばかり攻撃《こうげき》する。だが、小式部は少しもへこたれなかった。

「あら。左京さまこそ、お頭《つむ》の中に少しは殿方のことを入れた方がいいんじゃありません?　嫌《いや》ですわ。いいお年をして、背《せ》の君《きみ》(恋人《こいびと》)もいらっしゃらないなんて」

「失礼ね。私に恋人がいるかどうかなんて、知りもしないくせに勝手なこと言うんじゃないわよ」

「これは失礼を。若い子を追い出そうとなさるなんて、殿方から相手にされない女のひがみかと、勘違《かんちが》いをしてしまいましたわ」

「何ですって！」

左京の眉間《みけん》に青筋が立った。

「ちょっとおやめなさい。話がそれているわよ」

間に割って入ったのは、烏丸であった。小柄《こがら》な小式部より頭一つ分も高い烏丸は威圧感《いあつかん》がある。

「越後弁に中将君、それから小馬、小式部」

烏丸は刺《さ》すような目を向けながら、一人一人の名を呼んだ。

「つまり、あなたたち四人はこの藤袴の肩《かた》を持つというわけね」

「そのとおりですわ！」

と、すかさず叫《さけ》んだのは賢子だけであった。

「私はただ、新しく入った方には優しくして差し上げたいだけでございます」

慎《つつ》ましい物言いではあるが、きっぱり言った小馬はともかくとして、

「あら、肩を持つなんてそんなつもりじゃ」

良子と小式部はとぼけたことを言って、そっぽを向いている。

「まあ、いいわ。あなたたち、いつまでも母親が守ってくれると思って、大きな顔してるんじゃないわよ。私たちにはねえ、もっと大物がついているんだから」

左京が賢子たちの方へ足を一歩踏《ふ》み出しながら、胸をそらして言った。

「余計なことを言ってはならぬ！」

烏丸がすかさず言い、左京は「しまった」という顔を浮《う》かべ、賢子たちから目をそらした。

それ以上、この場にいても藤袴を追い出す目的は達せられないと判断したのか、

「行くわよ」

烏丸は仲間たちに声をかけると、賢子たちを押《お》しのけるようにして歩き出した。すれ違《ちが》いざま、

「あなたたち四人のことはよおく覚えておくわ」

と、冷えた声で言い捨てられた時、賢子は思わず良子と顔を見合わせてしまった。

「ねえ、大物って言ってたわよね。私のお母さまより大物って、一体誰《だれ》のことかしら」

烏丸たちが行ってしまうと、良子はたちまち、先ほどの左京の言葉を気にし始めた。

「私、別に藤袴殿《どの》を庇《かば》うつもりなんてなかったのよ。余計なことして、烏丸さまたちから憎《にく》まれるのは御免《ごめん》だわ」

「それなら、どうして私と小馬さまを呼んだりするの？　まったくいい迷惑《めいわく》ですことよ」

小式部がすかさず、良子に文句を言っている。

「あんなふうに、左京さまを怒《おこ》らせろなんて、誰も頼《たの》んでないでしょ。あれは、あなたが勝手にしたことよ。むしろ、私たちまであなたと同じに見られて、いい迷惑だわ」

小式部と良子の言い合いをよそに、賢子は藤袴の部屋の中をのぞき込《こ》んだ。

「ねえ、藤袴殿。あなた、大丈夫《だいじょうぶ》なの？」

烏丸たちが立ちはだかっていたため、藤袴の部屋の中をのぞくことはできなかったのだが、彼女たちが去って中の様子が丸見えになっている。藤袴は端《はし》の方にちょこんと座り、賢子たちの方を不思議そうに見上げていた。

「皆《みな》さまがわたくしの楯《たて》になってくださったのですね。お礼を申し上げなければなりませんわ」

藤袴はにっこりと笑顔になって言い、優雅《ゆうが》に頭を下げた。

「あのね。烏丸さまたちから何かされなかったの？」

「何かって言いますと？」

「ひどいことを言われていたではありませんか。御所から出て行け、というような――」

「ええ、まあ。聞いたことのない口の利き方でしたけれど……。後は、ちょっとわたくしの衣の裾《すそ》を足でお踏みになったくらいですわ。左京殿は目があまりよくないのでしょうか。

あれでは、宮仕えをなさるのもご苦労でしょう。お気の毒ですわ」

見れば、藤袴の顔から笑みは消えていない。左京に対する言葉も、嫌《いや》みを言っているように聞こえず、本心から純粋《じゅんすい》にその身を案じているように聞こえる。

「藤袴殿《どの》……?」

もしや、藤袴はあのような仕打ちをされても、相手を憎《にく》んだり恨《うら》んだりすることがないのだろうか。その無防備で純真な笑顔を見ていると、賢子は不安になった。

(藤袴殿は一人で平気だとか言っていたけれど、平気でなどあるものですか)

少しは人を疑ったり、悪意に対して身構えるということを知っていなければ、この御所ではやっていけない。

(私だって、御所へ上がる前は人付き合いなんてしたことなかったけれど、それくらいは分かっていたわ。この人ったら、どれだけ世間知らずなのよ)

少しはこの世の厳しさを教えてあげなくてはいけない——と、賢子が親切心を発揮しようとしたその時、

「もう行きましょうよ」

と、良子から袖《そで》を引かれた。

良子は今のやり取りを聞いていたのか、どことなく不気味そうな目つきで藤袴をちらちら見ている。

「小式部が、話があるんですって」

良子と小式部の言い争いはいつの間に終わったのか、すでに話がまとまっているらしい。

それを断ることもできず、賢子は良子に引っ張られながら、

「藤袴殿、困ったことがあったら声をかけてちょうだい。約束よ」

と、とにかくそれだけ藤袴に言い残し、その場を離《はな》れた。

「はい。困ったら声をおかけいたしますわ」

賢子の言葉を復唱するのびやかな声に続いて、「ごきげんよう」と緊張感《きんちょうかん》を欠いた挨拶《あいさつ》が続いた。

(あの子、大丈夫《だいじょうぶ》かしら。本当に——)

賢子の不安はますます募《つの》る一方であった。

二

小式部《こしきぶ》の話とやらを聞くために場所を移すことになった四人は、そのまま賢子《かたこ》の部屋へ向かった。もともと母の紫式部《むらさきしきぶ》と一緒《いっしょ》に使っていて、今では一人になった賢子の部屋がいちばん広かったからである。

「姫《ひめ》さま」

部屋へ戻《もど》ると、女童《めのわらわ》の雪が慌《あわ》てふためいた様子で飛び出してきた。

「何かあったの？」

賢子が尋《たず》ねると、雪は「お客さまがお見えです」と早口で答えた。

「三位中将《さんみのちゅうじょう》さまでございます」

中将というのは、近衛府《このえふ》の役人のことで何人かいるのだが、この御所《ごしょ》に出入りする貴公子で、かつ三位という高い官位に就《つ》いている者といえば――。

「あら、今光君《いまひかるきみ》さまがいらっしゃっているの？」

賢子より先に、小式部が口を開いた。その目は少しも笑っていない。

一方、今光君と聞いた途端《とたん》、良子《よしこ》と小馬《こま》が急にそわそわし始めた。

（何て、間が悪いの）

賢子は嬉《うれ》しさ半分、嘆《なげ》かわしさ半分といった複雑な気分である。

今光君と呼ばれ、三位中将の地位に就いているのは、左大臣藤原道長の次男、藤原頼宗《ふじわらのよりむね》のこと。

皇太后彰子《あきこ》の弟なので、この御所にはよく足を運ぶのだが、つい先ごろ正妻を迎《むか》えており、そのためか、以前よりは足も遠のいていた。

今光君とは『源氏物語』の光源氏からつけられたあだ名だが、その名は光源氏も顔負け

の美男子であることと、光源氏のように女性を口説《くど》くことに由来している。

賢子の初恋《はつこい》の人であり、どうやら他の三人も初恋かどうかは知らないが、かつて頼宗に恋をしていた時があるらしい。というのも、御所へ新しく女房《にょうぼう》が入れば、ひとまず口説くというのが頼宗の習《なら》いだったからだ。

無論、賢子がそうであるように、他の三人も今だって頼宗を恋しく想っているのかもしれない。

だが、頼宗のような身分の高い貴公子の正妻になろうとは、誰《だれ》も思っていない。なれるわけもない。

そして、頼宗がついにその正妻を娶《めと》ってしまった今となっては、遊びの恋とでも割り切らない限り、想い続けるのは虚《むな》しいことだと分かっているはずだ。

(でも、分かっていたってあきらめられるものではない……)

誰にも気づかれぬよう、そっとため息を漏《も》らした時、

「おや、おそろいでいらっしゃいますね」

と、朗《ほが》らかな声がして、賢子の部屋の中から、若く美しい男が顔を見せた。

「頼宗さま、まさかこちらにお出《い》でとは――」

賢子は慌《あわ》てて挨拶《あいさつ》したが、緊張《きんちょう》のあまり声が上ずってしまう。というのも、頼宗が正妻を迎《むか》えてから顔を合わせるのは初めてだったからだ。

まぶしすぎて、まともに目を合わせていられないような気がする。正妻を迎えた頼宗がどんなふうに変わってしまったのか、賢子は気がかりだったが、特に目につくような変化は見られなかった。

「久しぶりに御所へ参上なさったと思ったら、越後弁殿《どの》のところへいらしたのですか」

小式部が頼宗を軽くとがめるような目を向けながら尋《たず》ねた。その物言いには、どことなく親しげな甘《あま》えもこめられている。

「おやおや、私は公平な男ですよ。もちろん、小式部殿、中将君、小馬殿の局《つぼね》にもご挨拶に行こうと思っていました」

頼宗は返事につまるようなこともなく、それぞれの女房の顔をじっと見つめながら、にこやかに応じる。

誰にでもそうするのだと分かっていながら、頼宗の熱い眼差しで見つめられれば、恨《うら》めしく思うどころか嬉《うれ》しくなってしまうのが女心であった。

「でも、最初にお寄りになるのが越後弁殿ですのね」

「それは、越後弁殿があなた方の中で、御所へ上がった順番がいちばん遅《おそ》いからですよ」

小式部のほんの少し嫌《いや》みを含《ふく》んだ言葉にも、頼宗はまったく動揺《どうよう》を見せず、さらさらと答えた。

「相変わらず、新しい方をお好みですのね」

この四人の中で最も年上で、最も古い女房になってしまった小馬が、苦笑まじりに言う。小馬の素直な口ぶりには、嫌《いや》みっぽいところなどまったくなかった。

「だったら、今、頼宗さまが最も興味がおありなのは、藤袴《ふじばかま》ってことになりましてよ」

良子がいつもより気取った口調で言う。

「ほう。新しく入った女房殿《どの》のことですな。少しは耳に挟《はさ》んでおりましたが、ぜひその方のことをお聞かせいただきたいものです」

「あら、それでしたら、同席なされればよろしいわ。私たち、今から藤袴のことを話すところだったのですもの」

小式部が誘《さそ》うように言った。

「それは、ぜひご一緒《いっしょ》に。越後弁殿はよろしいですか」

最後に頼宗から尋《たず》ねられて、賢子はどぎまぎしながら「どうぞ」と答えた。他の三人のいない時であれば二人きりになれたわけで、そう思うと口惜《くや》しいが、それでも頼宗と一緒にいられる機会を逃《のが》すわけにはいかない。

取りあえず、賢子の部屋の中に思い思いに座を占《し》めると、まず頼宗が藤袴について質問を始めた。四人それぞれに――それこそ公平に問いかけ、一通りのことを聞き出すと、

「なるほど、故大納言源時中《ときなか》殿のご息女《そくじょ》ですか。しかし、あの方にそんなに若い娘《むすめ》がいたとは初耳ですね。もう十年近く前に亡くなったのですから、藤袴という女房は幼くして父

君を亡くされたということか」

　頼宗は最後の方は独り言のように呟《つぶや》いた。

「それに、朝任《あさとう》殿からも、そんな話を聞いたことはないな」

　朝任は源時中の息子で、三条《さんじょう》天皇の蔵人《くろうど》を務めている。先ほども話に出た藤袴の兄で、小式部と親しいが、賢子とも文《ふみ》のやり取りをするような仲であった。

「やはり、頼宗さまも不思議にお思いになられましたか」

　その時、頼宗の傍《かたわ》らにちゃっかり座り込《こ》んでいた小式部が、頼宗にすり寄るようなそぶりを見せながら言った。

「あら、不思議ってどういうこと？」

　頼宗の両隣《りょうどなり》の席を、この部屋を使っている賢子はともかく、もう片方を小式部に取られてしまった良子が、すかさずその袖《そで》をつかんで尋ねる。

　小式部は何するのよ――といった目を良子に向け、袖をぐいっと引き戻《もど》しながら話し出した。

「私も亡き大納言さま（源時中）のご息女について、耳にしたことがなかったから不思議に思ったのですわ。だって、大納言のご息女なら、少しは噂《うわさ》になって当たり前ではありませんこと？」

　確かに、大納言とは朝廷《ちょうてい》の政治を担う、大臣に次ぐ官職である。大納言の娘であれば、天皇にお仕《つか》えすることも夢ではないし、頼宗のような大貴族の正妻になることもあり得た。賢子たちの中に、そのような父親を持つ者はいない。つまり、格が違《ちが》うのである。

「それで、私、ついでのあった時に、朝任《あさとう》さまにお尋《たず》ねしてみたんですの。妹の藤袴殿《どの》とは、ずっと一緒《いっしょ》にお暮らしだったのですか、って。そうしたら――」

そこで小式部はいったん話をやめ、思わせぶりに間を置いた。そして、皆《みな》がいい加減、じりじりし始めたところで、おもむろに話を再開する。

「朝任さまは、妹が皇太后さまの御所へお仕えし始めたことは聞いているが、そのような妹がいることはつい最近まで知らなかったとおっしゃるの」

「最近まで知らなかった――？」

賢子は首をかしげた。だが、小式部は賢子の呟《つぶや》きなど聞こえなかったように、頼宗にだけ目を向けてしゃべり続ける。

「もちろん、亡き大納言さまには何人かの妻がいらっしゃったようですし、朝任さまもそのすべてを知っているわけではないでしょうけど……。でも、お子が生まれればふつうは公《おおやけ》にいたしますわ」

小式部の言うとおりであった。

男性に――それも身分の高い男に、幾人《いくにん》もの妻や恋人《こいびと》がいることはふつうのことだし、それを世間に隠《かく》している場合もある。

だが、子の存在を公にしなければ、その子の身分は保証されない。男の子の場合、父親の身分によって出世が決まるし、女の子なら将来の婿《むこ》取《と》りや宮仕えの際、父親の身分が大いにものを言う社会だ。

だから、朝任がつい最近まで、妹である藤袴の存在を知らなかったというのは意外であった。藤袴が小さい時に父親が亡くなってしまったから、うやむやにされてしまったということなのか。

「でも、この御所へお仕えする前に、身元はしっかり調べられたでしょうし、故大納言さまの娘であることは確かなことだと思いますけれど」

藤袴の身元を疑うような雰囲気《ふんいき》が流れる前に、それまで黙《だま》っていた小馬が常識的な発言をした。

確かに、皇太后の御所へお仕えする女房の身元は、厳格に調べられるはずであり、怪《あや》しげな者が入り込《こ》める余地などない。

「もちろん、大納言さまの娘だってことは疑いようもないんでしょうけれど、でも、藤袴殿って少し変わったところがあるわよね。さっきも、自分がひどい目に遭《あ》わされたっていうこと、分かってなかったようだし」

賢子が言うと、良子が「私もおかしいと思ったわ」とすぐに応じた。

その直後、賢子は傍《かたわ》らの小馬から袖《そで》を引かれた。

藤袴が烏丸《からすま》たちからいじめを受けていたことについては、頼宗に話していない。頼宗が不審《ふしん》に思うのではないかという忠告に気づいて、賢子ははっと頼宗の顔色をうかがった。

だが、頼宗は何か考えごとにふけっている様子で、賢子の言葉をまともに聞いていなかったようである。ちょっと寂《さび》しいが、今の場合は助かったと言うべきだろう。

「あの、頼宗さま？」

賢子が顔をのぞき込《こ》むようにすると、頼宗は我に返ったような表情を見せた。

「いや、済まない。少し用事を思い出したので、今日はこれからすぐに皇太后さまにご挨《あい》拶《さつ》だけして失礼いたします。また参りますので、お話し合いの仲間に私も誘《さそ》ってください。この次は、私も楽しいお話を用意してまいりましょう」

頼宗はそれだけ言うと、そそくさと立ち上がり、見送りもろくに受けずに去っていってしまった。

頼宗がいなくなると、部屋の中はまるで光が消えてしまったように味気ないものとなる。それまでさかんに藤袴のことを話していた小式部も、もうどうでもいいという顔つきをしていた。

「私も、もう帰ろうかしら」

そう言って、立ち上がろうとする小式部を引き留めるように、

「ねえ、私たち、烏丸さまたちに歯向かってしまったけれど、これから平気かしら」

と、良子がいつにない気弱な表情を見せて言った。

「あら、気になるの？」

小式部はさして気に病んでもいないらしく、小馬鹿《こばか》にしたような目を良子に向けて訊《き》く。

すると、小馬が良子を庇《かば》うかのように割って入った。

「中将君が気にかけるのは当たり前だわ。私も心配だもの」

「小馬さまが――？」

賢子は少し目をみはって、小馬を見つめた。

賢子がいじめられていた時、小馬は何とかしてやろうと持ちかけてくれたことがある。決して気が強いわけではないが、正義感は強い。だから、烏丸たちにも立ち向かってゆこうとするのではないかと思ったのだ。しかし、小馬の瞳《ひとみ》は不安に揺《ゆ》れていた。

「私が御所へ上がったばかりの頃《ころ》、あの人たちからずいぶんと嫌《いや》がらせを受けたわ。中関白《なかのかんぱく》家の回し者って言われてね」

中関白家は皇后定子《さだこ》や御匣殿《みくしげどの》の家であるから、彰子の敵と見なされたのである。

小馬の母清少納言が定子に仕えていたから、そんないじめを受けたのだろう。そのいじめた相手が烏丸たちだったことは、賢子には初耳であった。

「そういえば、藤袴殿も御匣殿に似ているって難癖《なんくせ》をつけられていたものね」

賢子が思い出したように呟《つぶや》くと、小馬はおもむろにうなずいた。

「烏丸さまや左京《さきょう》さまは、確かに意地の悪い人たちだけれど、自分の考えでいじめをしているわけじゃないのよ。私の時もそうだった。さっき言っていたでしょう？　自分たちには大物がついているって」

「そういえば……。もしかして、小馬さまにはその大物に心当たりがあるのですか」

「はっきりとしたことは分からないのよ。でもね、ある方から『お前のしぶとさにはほとほとあきれた』と言われた直後、いじめがふっとやんだの」

「つまり、その人が烏丸さまたちにいじめを命令していて、やめる時も指図したってことですよね」

「あくまで推測なのだけれど。烏丸さまたちがそう認めたわけじゃないし」

「それって、どなたのことなのですか」

良子が身を乗り出すようにして尋《たず》ねた。

「――因幡《いなば》さまよ」

その名を口にするのも恐《おそ》ろしいといった様子で、小馬がこわごわと口にする。

それは、彰子が宮中へ入った十二歳《さい》の頃《ころ》からずっとお仕《つか》えしているという、紫式部や和泉式部《いずみしきぶ》などよりももっと古い女房の名であった。

今では、もはや女房たちの元締《もとじ》めのような立場で、仕事などはほとんどしない。

もし因幡が烏丸たちに、藤袴へのいじめを指図しているのだとすれば――。

確かに賢子たちが母親に泣きついたところで、どうにかできる相手ではないのかもしれない。

「どうしよう。もし、烏丸さまたちが私のこと、因幡さまに言いつけて、因幡さまが私を御所から追い出そうとなさったりしたら――」

いよいよ不安を募《つの》らせたのか、良子は取り乱している。幼い頃から母に付いて御所で育った良子は、人をいじめたことはあっても、いじめられた経験はないのだろう。

「中将君一人を追い出そうとはしないでしょ。追い出そうとするなら、私たち皆《みな》を追い出そうとするはずよ」

一人じゃないから大丈夫《だいじょうぶ》――と賢子は励《はげ》ましたつもりだが、良子にはそう聞こえなかったようだ。

「あなたたちのことなんか心配してないわよ。私はお母さまのお顔に泥《どろ》を塗《ぬ》るようなことはできないのっ！」

泣き出しそうな勢いで、良子は激しく言い返した。その態度にあきれたような冷笑を浮《う》かべた小式部は、

「私、失礼するわ」

と言い、さっさと部屋を出て行ってしまった。小式部は因幡のことも気に病んではいないらしい。

「大丈夫《だいじょうぶ》よ。たとえ因幡さまだって、私たち四人をいっぺんに追い出すことなんてできやしないわ」

小馬が良子の傍《かたわ》らに寄り添《そ》い、その肩《かた》を抱《だ》いて慰《なぐさ》め始めた。

「だったら、一人ずつ追い出そうとするかもしれないじゃありませんか。私が一番目だったら、どうしてくれるんですか」

良子の身勝手な言い分には、賢子もあきれ返るしかない。小式部が出て行った後も、小馬はしきりに良子をなだめていたが、賢子はそうしようという気にもならなかった。

（そういえば、頼宗さまは何か気もそぞろというご様子だったけれど……）

何を気にかけていたのだろうと、賢子は今になって、そのことが気になり出した。やはり、新しく入った女房の藤袴に関心があるのだろうか。今光君と呼ばれる頼宗ならば、それは仕方のないことなのかもしれないが……。

（もしも、頼宗さまがあの藤袴を御覧《ごらん》になったら——）

あの美しさに惹《ひ》かれないなどということがあるだろうか。それも、本気で惹かれるようなことになれば——。

藤袴がちょっと風変わりなことや、自分たちがいじめられるのではないかという問題は、確かに気にかかる。だが、それと同じくらい、いや、もしかしたらそれ以上に、頼宗の心の動きは賢子には気がかりなことであった。

三

良子《よしこ》の懸念《けねん》は決して行き過ぎではなかった。

翌日から、さっそく賢子《かたこ》、良子、小式部《こしきぶ》、小馬《こま》への嫌《いや》がらせが始まったのである。中心となっているのは、烏丸《からすま》と左京《さきょう》で、もちろんのこと、藤袴《ふじばかま》への嫌がらせは続けられていた。名指しで呼ばれた時以外は、皇太后の御前《おまえ》からも締《し》め出され、場所を取るのを邪魔《じゃま》されるようになった。部屋に嫌がらせの文《ふみ》や虫、塵芥《ごみ》を投げ込《こ》まれるようになり、渡殿《わたどの》などですれ違《ちが》えば、裳《も》の裾《すそ》を踏《ふ》みつけにされる。

（まったく、いい年をして、やってることが大人げないんだから――）

すでにいじめられた経験を持つ賢子は、割合、冷静に受け止めることができたが、こうしたいじめは一人でいるところを狙《ねら》われる。

良子はこれまで仲良く付き合っていた女房《にょうぼう》たちから、

「ごめんなさい。中将君《ちゅうじょうのきみ》（良子）とはずっと親しくしていたかったのだけれど、あなたと話をすると、烏丸さまたちから睨《にら》まれるから――」

と申し訳なさそうに、絶交を宣告されたらしい。

「どうして、私がこんな目に遭《あ》わなくちゃいけないの！」

良子は賢子や小馬の部屋に押《お》しかけては、毎日のように泣き言を吐《は》き出していく。

「これもすべては、あの藤袴のせいよ。あんな子、庇《かば》ったりしなければよかったわ。越後弁《えちごのべん》（賢子）のせいよ。あなたがあんな子のこと、気に掛《か》けたりするから――」

挙句の果ては賢子まで責められ、こうなったら、烏丸たちに謝罪するとまで言い出す始末。

「ちょっと待ちなさいよ。烏丸さまたちのしていることが正しいなんて思ってないでしょ。第一、あの人たちの裏には大物とやらがいるんだから、そっちを何とかしなくちゃいけないのよ」

少し冷静になるように、と賢子が言っても、

「何とかって、越後弁に何とかできるっていうの？」

良子は甲高《かんだか》い声で言い返してくる。

「すぐに何とかできるわけじゃないけれど、ちょっと考えてみるから。それより、烏丸さまたちに謝ったりしたら、中将君とは絶交よ。後で謝ってきたって、私は絶対に許さない」

良子をなだめすかすには、半ば脅《おど》しも交えなければならない。手に余ると、賢子は良子の世話を小馬に任せた。小馬は良子ほど参っていなかったが、やはり烏丸たちにいじめられた過去の苦痛がよみがえるのか、近ごろは元気がない。

小式部はしばらく平然と御所《ごしょ》で過ごしていたが、低俗《ていぞく》ないじめに嫌気《いやけ》がさしたのか、さっさと実家へ帰ってしまった。藤袴も同じような嫌がらせを受けているはずだが、良子のように泣きついてこない上、賢子の方も人目のあるところで話しかけることができなくなったので、どうしているのか心配である。

(早く何とかしなくちゃいけないわ)

賢子はそのための対策を練り続けていた。

烏丸たちを動かしている「大物」とやらが因幡《いなば》かどうかはともかく、この大物の真の標的は藤袴である。そして、この大物は新人の女房が入ってくるたび、無差別にいじめをさせているわけではない。

なぜなら、賢子は烏丸たちからはいじめられなかったからだ。聞いたところでは、小式部もその被害は受けていないという。

(でも、小馬さまはいじめられていた……)

小馬と藤袴に共通しているのは何なのだろう。

(小馬さまは中関白《なかのかんぱく》家の回し者と言われ、藤袴殿《どの》は御匣殿《みくしげ》に似ているのが不気味だって言われてる。やはり、中関白家が関わっているのかしら――)

とはいえ、二人とも直《じか》に関わっているわけではない。

小馬の場合、母の清少納言は確かに中関白家に仕《つか》えていたが、小馬自身が中関白家の世話を受けていたわけではなかった。藤袴に至っては、ただ御匣殿《みくしげどの》に顔が似ているだけで、他につながりはないのだ。

（中関白家は関わりないのかしら。それとも、そんなちょっとしたつながりでも、大物は気に入らないのかしら）

考えはいつもここで止まってしまう。

それ以上、何か手がかりをつかもうとすると、あとは関わっている者に口を割ってもらうしかない。といって、小馬は何も隠《かく》していないだろうし、浮世離《うきよばな》れした藤袴に問いかけても肩透《かたす》かしを食わされるだけだろう。

第一、藤袴が正直に答えているのか、何かを隠《かく》しているのか、今の賢子にはその内心を読み取ることすらできないのだ。

（ならば――）

藤袴の兄である源朝任《あさとう》はどうだろう。小式部が先に藤袴のことを尋《たず》ねているのだから、賢子が尋ねたところでおかしくはあるまい。それに――。

（もしかしたら、朝任さまは何か隠していらっしゃるのかもしれないし）

と、賢子はひそかに勘《かん》ぐっている。根拠《こんきょ》があるわけではなく、単なる直感でしかないのだが……。

ただ、小式部も言っていたように、やはり最近まで朝任が藤袴のことを知らなかったのはおかしな話なのだ。それがうそとは限らないが、何か口に出せない事情があるのかもしれない。

小式部に話さなかったことを、朝任が賢子に話してくれるかどうかは分からないが、試してみる値打ちはある。

もちろん、このことは小式部には知らせない方がいいだろうし、嫌《いや》がらせで動揺《どうよう》している良子や小馬にも内密にしておいた方がいい。そう判断した賢子は、ひそかに朝任への文《ふみ》をしたためた。

――大事なお話がございますの。できるだけ早く、皇太后御所の私の局《つぼね》へいらしてくださいませんか。

賢子は書き終えた文を、雪に命じて朝任のもとへ届けさせた。その雪の帰りがやや遅《おそ》いなと気になり始めていた頃《ころ》、雪は無事に戻ってきた。

「知り合いの従者がいたので、その人にしっかりと頼《たの》んでまいりました」

「そう。ご苦労さま」

雪の報告を聞いてねぎらった時、賢子は雪の顔色があまりよくないことに気づいた。

「もしかして、誰《だれ》かに嫌がらせでもされたの？」

賢子に対するいじめは、もちろん、賢子に仕える雪に及《およ》ぶこともある。それを心配して尋《たず》ねたのだが、「私のことなんかどうでもいいんです」と、雪は頭《かぶり》を大きく振《ふ》って答えた。

「そんなことより……」

と続けた雪は、

「姫《ひめ》さまは、朝任《あさとう》さまを夫にするとお決めになったのですか」

と、突然《とつぜん》言い出した。ひどく思いつめた表情をしている。冗談《じょうだん》やからかいを口にしたわけではないらしい。

「文《ふみ》を書いたくらいで、どうしてそうなるのよ。これまでだって、文のやり取りはしていたでしょう？」

「だって、今の姫さまはいじめを受けて、お困りのはず。だから、朝任さまに助けを求められたのでしょう？」

と、雪は言い返す。

女が困った時に頼《たよ》る相手は、愛する男に決まっている――雪はそう考えたのだ。

「朝任さまにはお尋《たず》ねしたいことがあって文を書いただけ。それに、私があんなろくでもないいじめに屈《くっ》するわけないでしょう？　誰《だれ》かに助けてもらわなくちゃいけないほど、私は弱くないのよ」

賢子が笑顔を浮《う》かべて言うと、雪はやっとこわばった表情を和《やわ》らげた。心底、ほっとした様子で息を吐《は》き出す。

「そうだったのですか。私ったら、すっかり勘違《かんちが》いしちゃってたんですね」

安心した様子で呟《つぶや》いた雪はその後、しまったという表情になった。

「それなら、私、余計なこと、してしまったのかも……」

ぼそぼそと呟く雪の小声を耳に留めて、

「余計なことですって？」

と、賢子は訊《き》き返した。帰って来るのが少し遅《おそ》かったが、どこかへ寄り道でもしていたのだろうか。

だが、それ以上はいくら賢子が尋ねても、雪は「申し上げることはできません」と言うばかりで、いっさい口を割ろうとしなかった。

賢子とて、雪に関わってばかりはいられない。今はもっと心を傾《かたむ》けなければならぬ大事を抱《かか》えている。

果たして、朝任はいつやって来るだろうか。明日か明後日《あさって》か——できるだけ早くと文には書いておいたのだが……。そのことを考え始めると、雪のことはすっかり頭の隅《すみ》の方へ追いやられてしまった。

そして、それから一刻（約二時間）余りが過ぎ、夏の陽射しもようやく陰《かげ》り始めてきた夕方の頃《ころ》。

驚《おどろ》いたことに、源朝任が訪ねてきたのであった。まさか今日のうちに来てくれると思わなかった賢子は、慌《あわ》てふためいたが、さらに驚愕《きょうがく》したのはもう一人、付き添《そ》いがいたことである。

「栗田参議《あわたのさんぎ》さま！」

賢子より先に、飛びつくようにその名を口にしたのは雪であった。

栗田参議とは、藤原兼隆《ふじわらのかねたか》のこと。賢子に文をよこしてくる貴公子の一人である。

彰子の父道長の養子であったから、将来の出世はほぼ約束されている。

幼い頃《ころ》に父道兼《みちかね》を亡くしたので、その後、道兼の弟である道長の養子となったのであった。

彰子とは従兄妹《いとこ》同士であるため、この御所へ来ることもある。雪も顔を見覚えているのだ。いや、それどころか、賢子が文のやり取りをする貴公子の中で、最も地位の高いこの兼隆こそ一番すばらしい殿方《とのがた》だと信じ込《こ》んでいる節《ふし》がある。

賢子自身はある一件から、この兼隆には心を許していないのだが。

「どうぞ、どうぞ、中へお入りくださいませ」

雪は朝任《あさとう》をそっちのけで、兼隆の手を引かんばかりに、中へ案内しようとした。

「ちょっと待ちなさい、雪。朝任さまのことはお招きしたけれど、どうして兼隆さまがご一緒《いっしょ》なの？」

賢子が雪を睨《にら》みつけながら尋《たず》ねた。雪が先ほどから隠《かく》そうとしていたのは、このことだったのだろう。

「そんな細かいことはどうでもいいじゃありませんか。それより、粟田参議さまをこんなところにお立たせしてよいのですか。あっ、蔵人《くろうど》さまもどうぞ」

蔵人とは朝任《あさとう》のことだが、まさに取ってつけたような扱《あつか》いである。

参議とは政治の中枢《ちゅうすう》に関わる役職で、天皇の雑用を務める蔵人とは重みが違《ちが》う。しかし、あからさまな態度の違いを見せつけられれば、朝任とて不愉快《ふゆかい》だろう。

「朝任さま、急にお呼び出しして申し訳ございませんでした。こんなに早く来てくださるとは思ってもおりませんでしたわ」

雪の扱いのひどさを補うように、賢子はとびきりの笑顔を浮《う》かべて、朝任に挨拶《あいさつ》した。

「いや、何。越後弁殿《どの》からのお呼び出しであれば、何を差し置いても参りますよ」

穏《おだ》やかで温厚《おんこう》な人柄《ひとがら》の朝任は、特に気分を害した様子も見せず、大人びた応対をしてくれる。それに、たとえ口先だけでも「何を差し置いても」などと言ってもらえれば、女は嬉《うれ》しいものだ。

いい気分に浸《ひた》りかけたところへ、

「姫《ひめ》さま！　蔵人さまもお早く中へ――」

雪が情緒《じょうちょ》の欠片《かけら》もない慌《あわ》ただしさで、二人の間に割って入ってきた。

そこで、賢子と朝任は部屋の中に入り、兼隆も含《ふく》めた三人で輪になるようにして座る。

雪は遠慮《えんりょ》して部屋の外へ出て行ったようだ。

「ところで、兼隆さまはどうしてここへ――？」

やはり気になったので、初めに訊《き》いてみると、

「あの女童《めのわらわ》から言われたのです。越後弁殿が嫌《いや》がらせを受けているから、力になってやってほしいと。それから、源蔵人殿に助けを求めているようだ、とも」

むっつりと不機嫌《ふきげん》そうな声で、兼隆が答えた。

がっしりした体つきの兼隆はほっそりした朝任と並ぶと、一回り大きく見える。背も高いので、座っていても頭が賢子より一つ分高いところにあり、どことなく威圧感《いあつかん》が感じられた。

「驚《おどろ》きましたよ。私が越後弁殿からの文を読んでいたら、粟田参議殿が突然《とつぜん》、お見えになったのですから」

朝任が苦笑しながら言葉を添《そ》えた。

「見せろとおっしゃるので弱りました。いや、さすがにお見せしてはいませんけれどね。ただ、越後弁殿に呼ばれたと申し上げたら、『ならばすぐに行こう、私が付き添《そ》ってやる』とおっしゃって……」

なるほど、つまりは強引な兼隆に引きずられるような形で、朝任は賢子のもとへ来たということのようであった。とすれば、先ほどの「何を差し置いても」はやはり口先だけだったのだろう。

「それにしても、私にお尋《たず》ねしたいこととは、よほど大事なことのようですね」

朝任《あさとう》は笑いを消し、真面目な顔つきに戻《もど》って尋ねた。

「はい。妹君のことを伺《うかが》いたくて……」

賢子はそう切り出したものの、いったん口を閉ざした。

雪に案内されて、ちゃっかり部屋の中に座り込んでいる兼隆をどうしたものか。賢子のことを案じてくれた気持ちを思うと、出て行けとは言いにくいが、といって、兼隆がいると朝任が真実を話しにくいかもしれない。

それと察して自ら遠慮《えんりょ》してくれるのがいちばんありがたかったが、賢子がいくらそれとなく眼差しを送っても、兼隆がそれに気づくそぶりはない。

「藤袴のことですな。小式部殿《どの》からも訊《き》かれましたが……」

朝任は穏《おだ》やかな声で応じた。だが、自分からぺらぺらとしゃべるような男ではない。

相変わらず、兼隆は席を外そうという気づかいを持たぬようであったから、賢子は覚悟《かくご》を決めた。

「あの方、変わっていらっしゃいますわよね。並々でないお美しさもそうですけれど、受け答えも何だかふつうと違《ちが》っていて。そうですわ。まるで『竹取物語』のかぐや姫《ひめ》のような……。この国でない場所でお育ちになった方のように思えましたわ」

「そうですか。そんなに変わっていますか」

朝任の物言いはまるで他人事のようだ。

「ずいぶん冷めた言い方をなさるのですね。藤袴殿はそのせいで……ちょっとした、その嫌《いや》がらせを受けていらっしゃるのに……」

「そうでしたか。粟田参議殿のお話では、越後弁殿も嫌がらせを受けておられるとか。さしずめ、私の妹を庇《かば》って、越後弁殿まで嫌がらせを受けるようになってしまったというわけですか」

朝任は賢子の性格をよく読んでいるようだ。

烏丸たちの嫌がらせには、もう少し複雑な背景があるし、いじめを受けているのも賢子だけではないのだが、これを男たちに聞かせたところでややこしくなるだけなので、賢子は黙《だま》っていた。

すると、朝任は先を続けた。

「小式部殿にも言いましたが、私は妹とはほとんど面識がないのですよ。こちらへ宮仕えする前に、一度挨拶《あいさつ》に来た時に顔を合わせたのが初めてで、その後は一度も――。それに、宮仕えといえば物入りなわけですが、そうしたことも我が家ではいっさい面倒《めんどう》を見ていないのです。妹には誰《だれ》か、援助《えんじょ》をしてくれる後見《うしろみ》がいるようですな。ですので、妹と私はまったく他人も同じなのです。嫌がらせに遭《あ》っていると聞けば、気の毒だとは思いますが、私は妹よりも越後弁殿の御身《おんみ》の方が案じられるくらいですから」

「私とて、越後弁殿《どの》の御身《おんみ》を案じているぞ。それゆえ、取るものも取りあえず、こうして参ったのですからな」

兼隆が妙な競争心をかき立てられたのか、横から余計な口を挟《はさ》んでくる。

賢子はそれを完全に無視して、朝任《あさとう》の方に向き直り居住まいを正すと、

「朝任さま、正直にお答えください。藤袴殿のことで、何か小式部殿に話していないことがおありなのではありませんか」

賢子の言葉に、朝任は無言のままであった。

「もしかして、誰《だれ》かに口止めされておられるとか？　それは、皇太后さまでいらっしゃいますか」

賢子はそれまで考えていたことを、思い切って一気に口に出した。

藤袴に何か秘密《ひみつ》があるとしても、皇太后の御所《ごしょ》で雇《やと》われている以上、彰子が知らぬはずがない。朝任に口止めをするとしたら、藤袴本人か、雇い主である彰子しかいない。

そして、今の様子からすれば、朝任は藤袴に対し、兄としての愛着も義理も持っていないようだ。

とすれば、朝任に秘密を守らせているのは、藤袴より彰子の可能性の方が高い——と、踏《ふ》んでの賭《か》けのようなものであったが、賢子の言葉を聞くなり、それまで穏《おだ》やかだった朝任の表情に変化が起こった。

一瞬《いっしゅん》、はっと顔をこわばらせたが、それを賢子に見られていたことに気づくと、しまったという表情を浮《う》かべたのである。やがて、朝任のそれは苦笑へと変わった。

「まったく、越後弁殿。あなたは大したお方ですな」

朝任は感心したように賢子を見ながら言った。

「あなたの誘導《ゆうどう》に、私はすっかり引っかかってしまったようですよ」

「ならば、本当のことをお話しくださいますか」

賢子が身を乗り出すようにして尋ねると、朝任は困惑《こんわく》した顔つきを、賢子から兼隆の方へ向けた。やはり、兼隆の耳に入るのを気にかけているのだ。すると、

「私は口が堅《かた》いぞ」

兼隆が憮然《ぶぜん》とした口ぶりで言った。

「それに、私は皇太后さまの身内だ。私が知って困るようなことはあるまい」

決めつけるように言う。確かに、兼隆は彰子の実の従兄《いとこ》であり、義兄でもあるのだが……。

だからこそ、耳に入れにくい話ということもある。

(やはり、兼隆さまには席を外していただこう)

世の中には、はっきり言わなければ分からぬ鈍《にぶ》い男もいるのだ。

だが、賢子が口を開くより先に、朝任が「分かりました」とうなずいてしまった。やはり、兼隆は彰子の身内だからかまわないということなのか。

「しかし、お二方とも、このことは他言無用ですぞ」

最後の念押《ねんお》しに対し、賢子も兼隆も決して他言はしないと固く誓《ちか》いを立てる。

それを受け、朝任《あさとう》も覚悟《かくご》を決めた様子でうなずくと、ようやく切り出した。

「事の起こりは昨年の末のことです。私のもとへ、皇太后さまからの使者が参りました。ある娘《むすめ》を皇太后さまに宮仕えさせたいと考えている。ついては亡き父時中《ときなか》の娘ということにしたいので、承知してほしい。無論、皇太后さまもご承知のことであり、この申し出があったことは他言無用だ、と」

「で、では、藤袴は時中さまのご息女ではないのですか？」

賢子は目を丸くして、思わず声を上げてしまう。

「あまり、大きなお声でお話しなさいませんよう」

朝任から注意され、賢子は慌《あわ》てて口を両手で覆《おお》った。確かに、賢子の部屋は広いため、声が漏《も》れにくいが、大声を出せば外にまで聞こえてしまうに違《ちが》いない。

「そのとおりです」

朝任は賢子の言葉を素直《すなお》に認めた。

「申し出を受けた時は、正直、驚《おどろ》きました。口裏を合わせるのも大変だと思いましたしね。しかし、その娘について問われたら、別々に育ったから何も知らぬと答えればよいと言われました。宮仕えのための世話などもいっさい迷惑はかけない、とも。それで、承諾《しょうだく》したのです。皇太后さまのご意向でございましたし」

なるほど、だから朝任は藤袴に対して、まったくの他人行儀《ぎょうぎ》な物言いをしていたのだ。

彰子がそのような工作をした事情は分からないが、もう一つの謎《なぞ》がある。

彰子の使者となって、朝任にそのことを依頼《いらい》した人物とは誰《だれ》なのか。

朝任は意図的にその人物の名を隠《かく》しているようだ。

（まさか――）

という思いが、賢子の中に生まれていた。小式部には事実を語らなかった朝任が、賢子には割合あっさり明かしてくれたのも引っかかる。

「その、皇太后さまのご使者とは――？」

賢子は思い切って尋《たず》ねた。

「あなたのお母上、紫式部殿《どの》ですよ」

朝任はいつものような落ち着いた声で、おもむろに答えた。

その返事は、ある程度予想していたこととはいえ、賢子の耳には落雷《らくらい》のような衝撃《しょうげき》をもって鳴り響《ひび》いた。

第二章　宇治《うじ》の紫式部《むらさきしきぶ》

一

どうしてこういう成り行きになってしまったのか。思い返しても不思議であった。

源朝任《あさとう》から話を聞き出してから五日後、賢子《かたこ》は宇治《うじ》で暮らす母紫式部のもとへ向かっている。その賢子と馬を並べて、一緒《いっしょ》に宇治へ向かっているのは、何と粟田参議《あわたのさんぎ》藤原兼隆《ふじわらのかねたか》なのであった。

朝任が帰った後、そのまま居残っていた兼隆は、いつ宇治に行くのかと賢子に尋《たず》ねた上、馬や従者の手配などすべてを調《ととの》えると言い出したのだ。挙句の果ては、自分まで休みを取ってついて来たのである。

「女人《にょにん》だけの旅路《たびじ》は心配ですからね」

気づかってくれる気持ちはありがたいが、といって、兼隆にこのようなことをしてもらう義理も理由もない。

だが、断っても遠慮《えんりょ》することはないと返されるばかり。その上、

「粟田参議さまは何とお優しく、頼《たの》もしくていらっしゃるのでしょう」

と、女童《めのわらわ》の雪が大喜びで賛同してしまった手前、断れなくなってしまったのだ。

その時のやり取りを思い浮《う》かべながら、賢子は隣《となり》を進む馬上の兼隆を見つめた。

今日はいつも着ている正装の束帯《そくたい》や平常着の直衣《のうし》と違《ちが》って、狩衣《かりぎぬ》という動きやすい装《よそお》いをしている。優美な貴公子とはかけ離《はな》れた、凜々《りり》しく男らしい兼隆には深緑色の狩衣がよく似合っていた。

しばらくすると、賢子の眼差しに気づいたのか、兼隆が賢子の方に目を向けた。

「今日のこと、兼隆さまには大変感謝しております」

賢子は改めて礼を述べた。それを聞くなり、兼隆の引き締《し》まった頰《ほお》が嬉《うれ》しげにゆるんでゆくのを見て、賢子は警戒《けいかい》した。兼隆は悪い人ではないが、それだけに鈍《にぶ》いところがある。

「あのう、ご親切にしていただいて、こんなことを申し上げるのもおそれ多いのですが……」

賢子はこの際、はっきり言っておくことにした。

「私、兼隆さまに借りをつくりたくありませんの。ですから、今日のご親切に対して、どのようなお礼をしたらいいか、お聞きしたいのですけれど」

ここで、しっかりと借りを返す約束をしておけば、おかしな勘違《かんちが》いをされることもないだろう。

賢子の言葉を聞くと、兼隆は一瞬《いっしゅん》、妙《みょう》な表情を浮《う》かべたが、それから声を上げて笑い出した。

「何がそんなにおかしいのですか」

「いや、女人《にょにん》からそんなふうに言われたのは初めてでしたから」

兼隆はなおも笑い続けている。

「しかし、返していただくつもりはありませんので、越後弁殿《えちごのべんどの》がお気になさる必要はない」

「でも……」

「大体、越後弁殿から返していただくものは、恐《おそ》ろしいですからな」

今度は一瞬、賢子の方が戸惑《とまど》った。が、すぐに何を言われているのかを思い出し、思わず赤面してしまう。

兼隆と初めて宮中で顔を合わせた時のことだ。

あれは、去年の冬――。皇太后彰子《あきこ》の供をして、賢子がしばらく宮中に泊《と》まり暮らしていた時のことである。

三条天皇の皇后《こうごう》が暮らす宣耀殿《せんようでん》に、物《もの》の怪《け》が出るという噂《うわさ》が立ったのだが、賢子は皇太后の命令でそれについて調べていた。その正体は何と、兼隆が自分の乳母子《めのとご》にやらせていた茶番だったのだが、そのひと悶着《もんちゃく》のさなか、賢子は兼隆につかまってしまい、たいそう恐ろしい思いをした。

——兼隆さまに、私はまだ借りがございますの。

真相が明らかになった時、賢子はそう言ってのけ、兼隆の頰《ほお》を叩《たた》きつけて借りを返したのであった。

だが、今回は親切にしてもらった借りである。まさか、前回と同じ真似をするつもりはなかったが、

「とにかく、けっこうですよ」

兼隆は笑い収めると、案外、真面目な口ぶりで言った。

「お気持ちはありがたく受け取っておきます。ただ、そうおっしゃるのは、まだこの私を親しい者とは思っていないからでしょう。親しい者からの親切であれば、借りを返そうなどとは思わないでしょうからな」

「それは……」

「いずれにしても、今回のことは私の方が借りをお返ししたのだとお考えください」

兼隆はいったん消し去った笑みを再び浮かべて言った。

「兼隆さまが私に借りなどおありでしたかしら」

「私は越後弁殿にひっぱたかれて、正しい道に戻《もど》ることができましたからな」

兼隆は屈託《くったく》のない声でさわやかに言った。

その様子を見ていると、兼隆が間違《まちが》った道に進むことはもはやないように思える。

「ならば、今日のことはお言葉に甘《あま》えさせていただきます」

「それより、もっと私を頼《たよ》ってください。私はまだまだ借りを返さなければなりませんからな」

そう言ってもらえると、気持ちが楽になる。だからといって、兼隆に甘えてはならないだろうが、道長の養子という身分の高い貴公子が、自分に感謝してくれた上、尽《つ》くしてくれるのは気分のよいものだった。

(小式部《こしきぶ》だったら、こういう殿方《とのがた》のご親切を当たり前のように受けるのでしょうけれど……)

そこまで図々しくはなれそうにない。

そんなことを思いながら首をめぐらした時、誰《だれ》かの眼差しを感じて、賢子は振《ふ》り返った。

すると、何とも満足そうに、にこにこしている雪と目がばっちり合ってしまった。

(姫《ひめ》さま、その調子です。粟田参議さまのお心をしっかりつかんでください!)

熱い励《はげ》ましの声がまとわりついてくるようで、賢子は急いで雪から目をそらした。

二

賢子《かたこ》の母紫式部《むらさきしきぶ》は、皇太后の御所《ごしょ》に勤めていた時からずっと、いずれは仏門に入りたいと願っていたらしい。夫を亡くしてから、仏門に入る女性も少なくないが、母はうんと若い頃《ころ》に夫を亡くした。

その時は、髪《かみ》を切り落とし、俗世間との縁《えん》を断《た》つ決断は難しかったのだろう。紫式部はその後、宮仕えに出て『源氏物語』を書き続けた。その間、母が誰《だれ》かと男女の仲になったことがあるのかどうか、賢子は知らない。

ただ、母は生涯《しょうがい》、賢子の父藤原宣孝《ふじわらののぶたか》以外の男を夫に持つことはなかった。母は父についてあまり語らない人だったが、宇治《うじ》へ行く直前に聞いた話では、一緒《いっしょ》にいて面白くてならない人だったと言うから、おそらく父を超《こ》える男性には二度と会えなかったのだろう。

(たとえ短くても、そういう人と相思相愛《そうしそうあい》になれたお母さまは、お幸せだったのだろうな)

と、賢子は思っていた。

そして、ようやく御所を退き、宇治へ隠居《いんきょ》することを決めた紫式部は、ついに念願の出家を果たしたのである。

母が出家したことは、賢子も文《ふみ》で知っていたが、その姿を見るのは初めてのことであった。

（お母さま、どんなお姿になっていらっしゃるのかしら）

賢子は胸をどきどきさせながら、母の暮らす庵《いおり》に近づいていった。

前もって、兼隆《かねたか》の従者が先に知らせてくれていたせいか、母は外に出て一行を迎《むか》えてくれた。遠目にも墨染《すみぞ》めの衣が分かる。そして、肩《かた》の辺りで切りそろえられた尼削《あまそ》ぎの髪《かみ》――。

初めて見る母の尼僧《にそう》姿であった。

だが、近づいてゆくに従い、はっきりと見えてきた母の表情は、これまで見たこともないくらい柔和《にゅうわ》なものである。おまけに、どことなく出家前よりも若返ったようにさえ見えた。

「お母さま」

先に下馬した兼隆の助けを借りて、馬から降りた賢子は、母のもとに駆《か》けていった。

「そなたは健やかそうね」

紫式部は微笑《ほほえ》みながら言い、軽く賢子の頬《ほお》に手を触れた。

「お母さまもお健やかそうでよかった」

賢子もほっと安堵《あんど》して言う。

紫式部はそれからすぐに兼隆のもとへ向かった。

「お久しゅうございます、粟田参議《あわたのさんぎ》さま。あなたさまにこのようなところまで足を運んでいただけますとは――」

「こちらこそご無沙汰《ぶさた》しております」

二人はもとから顔見知りだったようだ。兼隆は丁重な態度で挨拶《あいさつ》した。

「たまに洛中《らくちゅう》を離《はな》れ、山道を行くのは心地が晴れてよいものです。従者たちにもよい休養となりました」

「狭《せま》い庵《いおり》ですし、従者の方々をおもてなしすることもできないのですが」

紫式部は恐縮《きょうしゅく》した様子で言ったが、この辺りを散策するのも楽しかろうからかまわない、と兼隆は答え、事実、従者たちには一刻（約二時間）ほど好きに過ごすよう、言いつけたのであった。

それから、賢子と兼隆、雪の三人は紫式部の暮らす庵へ入った。

庵といっても、茅葺《かやぶ》きのそれなりにしっかりした屋根を持ち、板敷《いたじ》きの間も十人は入れるほどの広さがある。そこを几張《きちょう》で仕切って作られた席に、賢子と兼隆、紫式部の三人は座った。

紫式部と共に暮らしている尼《あま》が、冷えた水と瓜《うり》を出してくれた後、静かに下がってゆく。雪はその尼について、几張の向こう側へと案内されていった。

「今日は、何か大事なお話があって来たのよね」

紫式部が切り出すと、賢子は大きくうなずいた。

「あまりゆっくりもしていられないから、遠慮《えんりょ》せずにお尋《たず》ねいたします。お母さまは昨年の末、源朝任《あさとう》さまをお訪ねして、ある娘《むすめ》を亡き時中《ときなか》さまのご息女ということにしてほしいとお願いしましたよね」

賢子は一息にそこまでしゃべった。紫式部は驚《おどろ》きは見せなかった。ただ、ゆっくりと息を吐《は》き出してから口を開いた。

「源蔵人《くろうど》さまは……存外にお口の軽い人だったのですね」

刺《とげ》があるというほどではないが、母の声にはあきれたような響《ひび》きがこもっていた。しかし、賢子の願いを聞いて打ち明けてくれた朝任が、母の信用を失くしてしまうのは気の毒である。

「私がお母さまの娘《むすめ》だから、観念したのだと思います。あの方をお責めにはならないでください」

「源蔵人さまがお認めになったのなら、私もごまかしきれないでしょうけれど、それが何か？」

「その方は今、皇太后さまの御所にお仕えしていて、藤袴《ふじばかま》と呼ばれています」

「藤袴……そうでしたか」

紫式部は初めて聞いたらしく、考え込むようにしながら呟《つぶや》いた。藤袴とは、『源氏物語』の巻名にもある名だが、それについて特に感想らしきものは述べなかった。

「その方が先帝《せんてい》（一条天皇）の御匣殿《みくしげどの》に似ているって、皆《みな》が言っています」

「そうなのですか？」

その話も初めて聞いたというような反応を、紫式部は見せた。

「お母さまはご存じなかったのですか」

「いいえ、そんなことは少しも。私は、その方にお会いしたことはありませんから」

母の眼差しに揺《ゆ》らぎはなく、決してうそを言っているようではない。

「でも、藤袴殿が何者なのかはご存じなのでしょう？　だって、皇太后さまのご命令で、藤袴殿を時中さまの娘《むすめ》に仕立て上げようとなさったのですから」

「仕立て上げるだなんて、人聞きの悪い言い方をしてはなりませぬ。皇太后さまはその方を守ろうとなさったのですよ。時中さまは昔、中宮大夫《ちゅうぐうのたいふ》（彰子が中宮だった時の中宮職長官）として皇太后さまにお仕《つか》えしていらっしゃったの。そういう方のご息女なら、御所でも過ごしやすかろうと――」

御所という所が、新人の女房《にょうぼう》にひどく冷たく意地悪なことは、賢子も知っている。

「それならば、藤袴殿は御所で居心地が悪くなるような生まれなのですか。そのことと、御匣殿に似ていることは、何か関わりがあるのですか」

「賢子」

紫式部がこの日初めて、賢子の名を呼んだ。その声は昔聞き慣れた母の、冷ややかで厳しいものであった。

賢子は思わず首をすくめてしまう。

「私は源蔵人《くろうど》さまのように口が軽くはありません。無論、皇太后さまもです。皇太后さまにお尋《たず》ねするなどという考えは、今すぐにお捨てなさい。お怒《いか》りを買うだけですからね」

「でも……」

母は意志の強い人だ。それを変えることはおそらくできないだろう。

それに、昔のように厳しい物言いをする母は、賢子が近づいてゆくのを拒《こば》んでいるように感じてしまう。幼い頃《ころ》からずっと、二人の間を隔《へだ》てていた壁《かべ》が再び現れてしまったかのように――。

だが、ここで怯《ひる》んでは宇治まで来た甲斐《かい》がなくなってしまう。賢子は深呼吸をしてから、思い切って口を開いた。

「皇太后さまのお考えだけでは、藤袴殿を守り切れていないわ。だって、藤袴殿は嫌《いや》がらせを受けているもの。ちょっと変わった子だし、誰とも親しくしようとしないし……」

「嫌がらせを……。そうですか」

紫式部はそう呟《つぶや》いて、少し思いをめぐらせるように黙《だま》り込《こ》んだ。

新人の女房がいじめられるのは仕方がないと思っているのか、あるいは何とかしようと対策を講じているのか、その内心までは分からない。だが、この時、

「越後弁殿《どの》はその女房を庇《かば》おうとなさったそうですぞ。それで、逆に越後弁殿が嫌《いや》がらせに遭《あ》ってしまわれたのだとか」

黙《だま》っているわけにはいかぬという口ぶりで、兼隆が切り出した。できれば、賢子自身が嫌がらせを受けていることは知らせないでおきたかったが、兼隆なりの親切心であろう。

それを聞くと、紫式部は伏《ふ》せがちにしていた目を上げて、賢子をじっと見つめた。その目の奥《おく》に厳しく鋭《するど》い光が宿っている。これまで感情に任せて泣いたり叫《さけ》んだりする姿を見せたことのない母だが、この時は胸に静かな怒《いか》りを蓄《たくわ》えていることが、賢子にも分かった。

「そなたと藤袴という女房殿が受けた仕打ちについて、くわしくお話しなさい」

有無を言わせぬ口ぶりで言われ、賢子は逆らうことができなかった。そこで、烏丸《からすま》と左京《さきょう》の名も挙げ、受けた仕打ちから言われた言葉、そして、彼女《かのじょ》たちの背後にいるらしい大物とやらが因幡《いなば》ではないかと小馬《こま》が恐《おそ》れていることまで、すべて話した。

「大物……？」

その言葉を耳にした時だけ、紫式部は眉《まゆ》をひそめて訊《き》き返した。それが何者なのかということが、やはり気にかかるようである。

だが、因幡の名を聞いても、そうに違《ちが》いないとは言わなかった。

「あの、お母さま。嫌がらせについては、私、自分の力で何とかできると思うし、しようと思っています。もちろん皇太后さまのお耳に入れれば、表向きはすぐにやむでしょうが、その前に自ら手を引いてもらえるようにしたいのです」

賢子は最後にきっぱりと言い添《そ》えた。それを聞くと、紫式部の目の中にあった険《けん》も和《やわ》らいだ。

「そうね。皇太后さまご本人でなくとも、私から古女房のどなたかに相談するという方法もあるけれど、あなたは望まないのでしょうね」

「はい」

賢子はしっかりとうなずいた。

「私も、あなたなら何とかできると思っています」

紫式部もまた、賢子を見つめ返しながらそっとうなずく。それから、ふと思い出したといった様子で切り出した。

「ところで、私が御所を下がってから、そなたは左大臣さま（道長）にお会いしましたか」

「左大臣さまですか。いえ、近ごろは御所へはお見えになりませんので――」

最後に会ったのは、賢子が宮中へ行った時か。

その後、彰子《あきこ》の妹である中宮妍子《ちゅうぐうきよこ》の懐妊《かいにん》が分かり、もう間もなく出産の頃《ころ》だというので、道長はそちらにかかりきりなのだろう。皇位継承者《けいしょうしゃ》となる皇子《みこ》誕生の祈禱《きとう》に忙《いそが》しいのか、彰子の御所へはとんとやって来ない。

「そうですか。お健やかでいらっしゃるのか、聞きたかったのだけれど……」

小さく呟《つぶや》いた紫式部の声が、ひどく残念がっているように聞こえたのか、

「父上ならば、お健やかですよ」

と、兼隆が明るい声で応じた。

「そうでございますか。それは、よろしゅうございました。中宮さまが大切な時でいらっしゃいますから、さぞお心をわずらわせておられるのではないかと案じておりましたが」

紫式部は如才《じょさい》なく朗《ほが》らかに応じている。だが、道長のことを尋《たず》ねた時の母の声の調子が、どことなく翳《かげ》りを帯びていたような気がして、賢子は気にかかっていた。

母がなぜ道長のことを尋ねたのか。言葉どおり、その身が息災《そくさい》であるかどうかを知りたかったわけではあるまい。

なぜなら、兼隆は決して知らぬことだが、紫式部が彰子の御所を出ることになったのは道長の圧力によるものだったからだ。とすれば、母が道長のことを尋ねたのには、別の意図がある。

（もしやお母さまは……左大臣さまが私にまで圧力をかけていないか、心配なのかしら）

だが、今のところそんな動きはない。賢子とまともに顔を合わせてもいない道長が、賢子をどうこう思うことはないだろうが……。

道長の息子である頼宗《よりむね》や兼隆の態度からしても、そんなそぶりは感じられない。兼隆と紫式部はその後、道長や彰子のことなどを語り出し、賢子もその会話に加わるうち、一刻はあっという間に過ぎて、従者たちが戻《もど》ってきた。この日のうちに平安京へ戻るには、あまりゆっくりもしていられない。

これを機に、賢子たちは暇《いとま》を告げることにした。

「藤袴という女房殿《どの》のことだけれど……」

庵《いおり》の外まで見送りに出た紫式部は、最後にやや重い声で切り出した。

「親しくなりたいと思っているのなら、その考えはお捨てなさいな」

それは、賢子にとって、この日いちばん思いがけない言葉であった。

「どうして？　あの子は親しい人もいなくて、独りぼっちなのに……」

「けれど、藤袴殿は誰《だれ》とも親しくしようとしないと、そなたは言っていましたよ」

「いじめられているから、そう振《ふ》る舞《ま》っていただけよ」

つい母の言葉に反論してしまったが、紫式部は重々しく首を横に振った。

「そうとも限らないでしょう。そっとしておいてあげるのが親切ということもあるのですよ」

母の言うことはたぶん正しい。

藤袴は本当に一人で平気なのかもしれないし、そもそもいじめに他人を巻き込《こ》むまいという気のつかい方ができるとも思えなかった。

少し心に引っかかるものは残ったが、母もそれ以上しつこく言いはしなかったので、藤袴の話はそれで終わった。馬にまたがった賢子は馬上から最後の挨拶《あいさつ》をする。

「それでは、お母さま。これからもお健やかにお過ごしください」

「そなたも、くれぐれも気をつけて」

嫌《いや》がらせの件があるせいか、賢子を見上げる母の声は複雑な思いがからまっているようだ。

「私は大丈夫《だいじょうぶ》です、お母さま」

賢子は笑顔を見せて答えた。多少強がりもまじっているが、御所での重い責務から逃《のが》れ、ようやく念願の出家を果たした母のため、賢子ができるのは心配させないことくらいしかない。

そんな賢子の気持ちを察したように、母は小さくうなずいた。

(これまではずっと、去ってゆくお母さまを、私が見送り続けてきたけれど……)

今はお母さまに私が見送られている――そのことに気づくと、母の表情は何ともいえず寂《さび》しげなものに見えて、賢子は胸がつまった。見送られるのは、見送るよりつらいものかもしれないと、賢子は初めて思っていた。

三

宇治《うじ》から京への帰り道、馬の背に揺《ゆ》られながら、賢子《かたこ》は母とのやり取りを思い返していた。

結局、藤袴《ふじばかま》の正体は分からずじまいだった。烏丸《からすま》や左京《さきょう》たちを操る「大物」の正体も不明のまま。

（大物がいじめの指図をしているとして、一体、何のためなんだろう）

それも分からない。烏丸や左京たちが自らの意思でいじめているのなら、藤袴の美しさへの嫉妬《しっと》とか、場の雰囲気《ふんいき》を読めない風変わりなところが気に食わないとか、いろいろ理由が考えられる。だが、大物の指示だとすれば、もっと根深い理由がありそうだ。そして、烏丸たちを動かせるほどの者となれば、

（うんとご年輩《ねんぱい》の古女房《ふるにょうぼう》のはず）

と、賢子《かたこ》は考えていた。小馬《こま》の疑う因幡《いなば》も五十を超《こ》えた女房である。そんな年齢《ねんれい》の女が十五歳《さい》の少女の美貌《びぼう》に嫉妬はしないだろう。

（だとすれば、藤袴殿《どの》の何が気に入らないのかしら）

容貌《ようぼう》が御匣殿《みくしげどの》に似ていることか。

確かに、いい気分はしないだろうが、御所《ごしょ》から追い出さねばならぬほどの理由になるのだろうか。御匣殿から何かされたというわけでもあるまいに……。

(いいえ、そうとも限らないのだわ)

賢子は思い直した。

御匣殿が生前、彰子《あきこ》に仕《つか》える女房に何かしたとも考えにくいが、それは調べてみなければ分からないことだ。

(それに、逆も考えられる)

大物がかつて御匣殿に何かされた、もしくは、御匣殿に何かをした——そこに深い因縁《いんねん》が隠《かく》されているとすれば、たとえ他人の空似でも、御匣殿に似た藤袴が御所内をうろつくのは許せないと思うかもしれない。

そこまでたどり着いた時、急にぽくぽくと規則正しい馬蹄《ばてい》の音が耳に入ってきた。賢子は昂《たか》ぶりそうになる気を静めながら、

「兼隆《かねたか》さま」

と、傍《かたわ》らを馬で行く兼隆の引き締《し》まった横顔に声をかけた。

「何でしょう」

兼隆は待ちかねていたかのように、すぐに賢子の方に顔を向ける。

「お願いしたいことがあるのです。少し大変なことかもしれませんが……」

「越後弁殿《えちごのべん》には借りがありますからな。何であれ、おっしゃってください」

内容を聞く前から、頼《たの》もしい返事が返ってくる。

「ある方の……昔のことを調べていただきたいのですわ」

「それは、内密《ないみつ》にお聞きした方がよいことですか」

兼隆が前後を固める従者たちにちらと目を向けながら問う。

「はい。できれば――」

賢子がうなずくと、「ならば、越後弁殿にこちらへ来ていただこう」と言うが早いか、
兼隆はさっと馬を寄せ、賢子の方にたくましい両腕《りょううで》を差し出した。あっという間もなく、
身を乗り出した兼隆の両腕に抱《かか》えられ、賢子の体はふわりと浮《う》いた。

天地が傾《かたむ》き、馬から落ちる――と思った時、

「体の力を抜《ぬ》いてください」

という兼隆の声が聞こえた。「ええい、ままよ」と目を閉じた一瞬《いっしゅん》後、賢子は兼隆の馬
の背に乗り移らされていた。

兼隆の前に横座りで乗馬する賢子の体は、腹の辺りに回された兼隆の片腕でしっかりと
支えられている。

「兼隆さまっ！」

驚《おどろ》いて声を上げたが、「この方が内密《ないみつ》の話にはいいでしょう」と言われると、逆らう言葉が見つからない。

兼隆は賢子が乗っていた馬の手綱《たづな》を従者の一人に任せると、他の者たちも含《ふく》めて少し離《はな》れているよう命令した。

兼隆の従者たちは無論、雪も黙《だま》ってその命に従い、兼隆と賢子の乗る馬から距離《きょり》を置いた。

(姫《ひめ》さま、その調子ですわ!)

驚《おどろ》きの表情から、たちまち昂奮《こうふん》ぎみの笑顔に変わった雪と目が合って、賢子は少しげんなりする。

一方、狭《せま》い場所で身を寄《よ》せ合っているせいで、兼隆の鼓動《こどう》がそのまま伝わってきて、賢子はどぎまぎした。

だが、今はそれどころではない。賢子は余計なあれこれをいったん頭の隅《すみ》に置くと、少し低い声で兼隆に頼《たの》むべきことを語り始めた。


それから、五日が過ぎた。

この間、賢子はひたすら兼隆からの知らせが来るのを待ちつつ、なるべく部屋に引きこもって、烏丸《からすま》たちはもちろんのこと、良子《よしこ》や小馬《こま》、藤袴ともあまり顔を合わせなかった。

「姫さま、兼隆さまからのご使者の方がお文《ふみ》を届けに来られました」

雪の弾《はず》んだ声が告げるのを聞いた時は、賢子も思わず腰《こし》を浮《う》かしそうになる。

「やっぱり、姫さまも待ち焦《こ》がれていらっしゃったのですね」

と、にやにやしながら言う雪に、「これはそなたが考えているようなお文ではないのよ」と言い返し、賢子は急いで文を受け取った。使者への応対を雪に任せ、その間にさっと文に目を通す。

兼隆からの使者を帰して、雪が部屋へ戻《もど》ってくると、

「今から、中将君《ちゅうじょうのきみ》（良子）、小式部殿《こしきぶどの》、小馬さま、それに藤袴殿の部屋へ行って、皆《みな》さまにここへ来るようお願いしていらっしゃい」

賢子は引き締《し》まった顔つきで、すぐにそう命じた。

ただならぬその様子を見た雪が急いで部屋を飛び出してゆくと、賢子はそれからの手順を忙《いそが》しく考え始めた。

嫌《いや》がらせから逃《のが》れるためか、実家へ帰っていた小式部も昨日御所へ戻ってきたというので、幸いいつもの四人組に藤袴を加えた五人が全員そろった。

「大仰《おおぎょう》に皆を呼び集めて、何をしようと言うの？」

舌足《したた》らずな声で物憂《ものう》げに言う小式部は相変わらずだが、良子は今も元気がないようだ。

藤袴は夏らしい杜若襲《かきつばたのかさね》（重ね着の一種）を見事に着こなし、隙《すき》のない化粧をして相変わらずため息の出るような美しさだが、仕度《したく》に手間取っていたのか、いちばん最後に現れた。

「ごきげんよう、皆《みな》さま。今日もお暑うございますわね」

と言いながら、当人は涼《すず》しげな顔をして澄《す》ましている。

そんな藤袴の態度に、表情をこわばらせたのは良子であった。すべての元凶《げんきょう》が藤袴だと思っているのだから、仕方がない。

「この方がいらっしゃるのなら、私はこれで失礼するわ」

良子はそう言うなり、立ち上がろうとした。

「待って。これから皆《みな》で、因幡さまのもとへ行くの。中将君も一緒《いっしょ》でなければいけないわ」

賢子は慌《あわ》てて良子を引き止めた。

「因幡さまのもとに——？」

皆がそろって不審《ふしん》げな顔をする。小馬だけがその後、少し不安げな表情を浮《う》かべた。その小馬に大丈夫《だいじょうぶ》ですというようにうなずいてみせると、賢子は皆を促《うなが》して、女房《にょうぼう》因幡のもとへ向かった。

彰子《あきこ》が宮中へ上がった頃《ころ》から仕えている因幡はすでに高齢《こうれい》で、今は多くの女房たちのお目付け役のようなものだ。だから、部屋から出てくるのもまれで、賢子たちもあまり顔を合わせたことはなかった。

この日、突然《とつぜん》のことではあったが賢子たちが訪ねてゆくと、因幡に仕《つか》える女童《めのわらわ》が現れ、しばらく待たされた後、五人は部屋の中へ通されることになった。

部屋は、賢子が母と使っていた部屋より倍ほども広く、五人が入ってもまだ広々として感じられるくらいである。

ややあってから、几張《きちょう》の向こう側で横になっていたらしい因幡が、女童に手を取られながらゆっくりと現れた。

もはやあまり動かぬ生活をしているせいか、でっぷりと肥えて恰幅《かっぷく》のよい体つきをしている。一見すると、人のよい老女といった風情で、皺《しわ》の少ない顔にはゆったりとした笑みもたたえられているのだが、

「これはこれは、若い人たちがおそろいで、何用じゃ」

賢子たちに向けられた三白眼《さんぱくがん》は、少しも笑っていなかった。

ゆっくりと一人一人に向けられていったその目が、藤袴に至ったところで、わずかに細められ、鋭《するど》い棘《とげ》のように変わったのを、賢子はしっかりと見ていた。

「お願いごとがあって参りました」

賢子は因幡の目が自分に向けられるのを待ってから、さらに続けた。

「烏丸さまたちに命じて、藤袴殿《どの》にさせておられる嫌《いや》がらせをやめさせていただきたいのです」

賢子が一気に言うと、良子や小馬が息を呑《の》む気配が伝わってきたが、因幡自身は少しも表情を変えなかった。

「これはしたり。私は烏丸たちにさようなことを頼《たの》んではおらぬ。烏丸がそう申したのであれば由々《ゆゆ》しきことじゃが」

「いいえ、烏丸さまたちが白状したわけではありません。ですが、因幡さまは藤袴殿《どの》をこの御所から追い出したいはずです。それは、藤袴殿が亡き御匣《みくしげ》殿に似ておられるから、ですよね」

因幡の顔に動揺《どうよう》はまったく見られなかった。それどころか、うっすらとした冷笑を口もとに漂《ただよ》わせ、賢子をさも哀《あわ》れむように見つめながら、因幡は口を開いた。

「のう、越後弁。御匣殿はこちらの皇太后さまをかつて苦しめたお人ゆえ、私もよい思いを抱《いだ》いてはおらぬ。そして、この藤袴は確かにご生前の御匣殿に似ておるようじゃ。されど、見るのも嫌《いや》じゃと思うほどの理由などあるはずもなかろう」

「いいえ。因幡さまにはおありですわ」

賢子はきっぱりと言い切った。そして、それ以上は因幡に口を開かせず、

「昔、ご懐妊《かいにん》中の御匣殿に嫌がらせをしたことで、因幡さまは負い目を感じておられるはずです」

賢子は因幡から目をそらさずに言った。

「何じゃと——」

因幡の唇《くちびる》が割れて、その奥《おく》からかすれた声が漏《も》れた。

「おそらく、因幡さまの目には、藤袴殿が御匣殿そのものに映るのではありませんか。そうではないと、もちろん頭ではお分かりでしょう。しかし、そのような薄気味《うすきみ》悪い者と一緒《いっしょ》の御所で暮らすのはお嫌なはず。だから、烏丸殿たちに命じて……」

「越後弁よ！」

鞭打《むちう》つような鋭《するど》い声が部屋の中に響《ひび》き渡《わた》った。

「そなた、根拠《こんきょ》もなく、ようも私の名誉《めいよ》を損なうことを申してくれましたな」

因幡の三白眼が鋭く賢子に向けられる。だが、賢子は怯《ひる》まなかった。

「証《あかし》がございます。粟田参議《あわたのさんぎ》さまからの書状がここに——」

と言って、賢子は懐《ふところ》から先ほど受け取ったばかりの文《ふみ》を取り出してみせた。

「何じゃと……。粟田参議さま……」

因幡の声からやや鋭さが消えた。道長一族に連なる兼隆の名は、やはり効果が高いようだ。

「粟田参議さまのお妹君は、暗戸屋女御《くらべやのにょうご》さまと申し上げ先帝《せんてい》（一条《いちじょう》天皇）にお仕《つか》えしておられたこと、因幡さまもご承知のことと存じます。その時、女御さまにお仕えしていた女房たちから、参議さまが話を聞いてくださいましたの。御匣殿がご懐妊なさった時、後宮《こうきゅう》は騒然《そうぜん》となったようでございますね。皇太后さまをはじめ、数多くの女御《にょうご》たちにお仕《つか》えしている人々は皆《みな》、御匣殿《みくしげどの》を目障《めざわ》りに思ったとのこと」

賢子の語る声だけが朗々と部屋の中に響《ひび》いてゆく。もはや因幡は口を開こうとはしなかった。

「もっとも、因幡さまがなさった嫌《いや》がらせは大したことではございません。脅《おど》し文《ぶみ》を送りつけたり、お仕えする女房たちの衣服を汚《よご》したり、その程度のこと。けれども、ご懐妊《かいにん》中の女人にしてみれば、たいそう身にこたえたのではないでしょうか。御匣殿はお子を産む前に病みつき、そのままはかなくなって（亡くなって）しまわれました。その時、因幡さまは気づかれたのではございませんか。大変なことをしてしまった、と――」

暗戸屋《くらべや》女御に仕えていた女房が知っていたくらいだから、因幡のしたことを知る者は何人もいたのだろう。

兼隆によれば、暗戸屋女御の元女房たちは自ら語り出しはしなかったが、因幡の名を出すと、兼隆がすでに知っているものと勘違《かんちが》いしたらしく、すらすら話してくれたという。

もちろん、御匣殿の死と因幡の嫌がらせに因果関係はない。だから、当時も表に出ることはなかったのだろうし、今さら罪に問うこともできないだろう。

だが、嫌がらせをした当人の心にだけはいつまでも残る。そして、謝る相手も許してくれる相手ももはやこの世にいない今、罪悪感は心を食い荒《あ》らし、ただ似ているだけの他人を見るだけでも、耐《た》えがたくなるのだ。

「な、何じゃ、その目は――」

突然《とつぜん》、因幡が金切り声を上げたので、賢子をはじめ、その場にいた者は皆《みな》ぎょっとして顔を見合わせた。

因幡の目はただ一人、藤袴にだけ向けられている。

「わ、私はこ、こなたさまのお命を縮めまいらせようなどとしたことはござらぬ。ただ、ただ、中宮さまのお目障りと思えばこそ、中宮さまの御《おん》ために、ただ宮中からいなくなればよいと……ただそう思うただけのこと――」

言葉はもつれ、因幡の体は小刻みに震《ふる》えていた。

藤袴に向けられた黒目はおどおどと動揺《どうよう》し、白目の部分が血走っている。彰子のことを「中宮さま」と昔の呼び名で呼んでいるくらいだから、藤袴と御匣殿の区別もつかなくなっているのだろう。

まさに、己がかつてしたことの重みに耐《た》えかねた末の、疑心暗鬼《ぎしんあんき》によるものであった。

「因幡さま」

賢子は居住まいを正すと、少し因幡の方へ膝《ひざ》を進めておもむろに切り出した。

「私どもを相手に、さような言い訳をなさる必要はございません。そうですわよね、藤袴殿?」

言うべきことを因幡に言ってしまうと、賢子は不意に藤袴に目を向けて尋《たず》ねた。

「え？　ええ――」

事の成り行きが呑《の》み込《こ》めないのか、色白の顔を無表情に凍《こお》らせた藤袴は、思い出したようにうなずいた。

「それはそれとして、因幡さま。藤袴殿《どの》に対する烏丸さまたちの嫌《いや》がらせ、お止めになってくださいますわよね」

再び賢子は因幡の方に体ごと向き直って念を押《お》すように問う。

因幡はのろのろと賢子に目を向けた。その目の中に脅《おび》えも鋭《するど》さももはや見えない。ただ、力の抜《ぬ》けたような眼差しでぼうっと賢子を見つめていた因幡は、促《うなが》されるまま、がっくりと首を落とすようにうなずいた。

賢子はそれを見届けるなり、

「では、お話は終わりましたので、私たちはこれで失礼させていただきますわ」

と言い置いて立ち上がった。

悠々《ゆうゆう》と因幡の部屋を引き上げる賢子の後に、他の四人が続いてくる。

「越後弁殿、あなた、一体どうやってあんなこと――」

良子は部屋を出てようやく事態が呑《の》み込《こ》めたらしく、賢子のもとへ駆《か》け寄るようにして早口にしゃべり出した。どうやら、いつもの調子を取り戻《もど》したようである。

「そういうお話は、これから私の局《つぼね》へ行っていたしましょうよ」

と、賢子は良子のおしゃべりを遮《さえぎ》ると、「藤袴殿もご一緒《いっしょ》に」と誘《さそ》ってみた。

こんなふうに誘われたことがないのだろう、藤袴は首をかしげ、すぐに返事をしようとしない。

「藤袴殿にはお尋《たず》ねしたいこともあるの」

賢子がさらに畳《たた》みかけるようにして言うと、藤袴はややあってから「分かりました」とうなずいた。

四

いつも四人で集まることが多い仲間だが、藤袴《ふじばかま》が一人その場に加わったことで、いつもと同じ部屋とは思えないほど華《はな》やかに感じられる。

「越後弁殿《えちごのべんどの》はあの因幡《いなば》さまが裏で糸を引いているって、いつから知っていたの?」

皆《みな》が座を占《し》めたところで、良子《よしこ》がさっそく賢子《かたこ》に尋《たず》ね始めた。

「兼隆《かねたか》さまが知らせてくださるまで、確信はなかったわ。でも、あの方を疑い始めたきっかけは、小馬《こま》さまのお話よ」

賢子が言うと、良子は思い出した様子でうなずいた。初めて聞く藤袴のため、小馬が昔、烏丸《からすま》たちにいじめられていた一件を説明した後、賢子が因幡の昔の行状を兼隆に調べてもらった話を打ち明けたところで、

「それにしても、よくやってくれたわ。私、烏丸さまたちに頭を下げようかって、もう幾《いく》晩《ばん》も眠《ねむ》れないほど悩《なや》んでいたのよ」

と、良子がようやく安心した様子で呟《つぶや》いた。

「本当に越後弁殿《どの》のお手柄《てがら》よ。私たちはいくら感謝してもしきれないわ」

続けて、小馬が賢子を手放しでほめたたえてくれる。

「あら、越後弁殿がっていうより、粟田参議《あわたのさんぎ》さまのお力添《ぞ》えあってのことでしょう。大体、越後弁殿ったら、いつの間にあの方と親しくなったのかしら？　頼宗《よりむね》さまが無理なら、今度は粟田参議さまだなんて……。身の程知らずにも、高貴な殿方《とのがた》ばかり好きになってしまうのねえ」

嫌《いや》みとからかいまじりの声は小式部《こしきぶ》のものだ。突然《とつぜん》、頼宗の名を出された上、このやり取りを不思議そうな顔で聞いている藤袴と目が合ってしまい、賢子は余計に動揺《どうよう》してしまった。

「やめてちょうだい。兼隆さまはそんなお付き合いではないわ。大体、私がどなたを好きになろうと、小式部殿には何の関わりもないでしょう」

「ふう……ん」

小式部は疑わしそうな目を賢子に向けている。

「それより、これから皆《みな》で皇太后さまの御前《おまえ》に上がりましょうよ。そして、思いっきり楽しくおしゃべりをして、烏丸さまたちを見返してやりましょう」

良子はすっかり元気になったらしく、意気揚々《いきようよう》と言った。

「因幡さまからの伝達が、そんなにすぐにあの方々に届いているかしら」

と、小馬は首をかしげているが、良子の意見に反対のようではない。

「そんなこと、どちらでもかまいませんよ。もしあちらが大きな顔で嫌《いや》がらせしてきたら、その時こそ言い返してやるの。『そんな真似していいんですか。因幡さまにお尋《たず》ねしてみたら？』って。あの方々の顔を思い浮《う》かべるだけで、ぞくぞくするわ」

良子の言いぐさに、あきれたという表情を浮かべながら、

「中将君《ちゅうじょうのきみ》（良子）ったら、自分がいじめる側に回ると、急に生き生きするのね」

小式部がすかさず嫌みを言う。

「あら、失礼ね。私はいじめるんじゃなくて、やり返そうって言ってるだけじゃないの」

「どっちにしろ、あまり派手な真似はしないことね。やられたらやり返したくなる、その気持ちは今、ご自身がいちばんよく分かっていることじゃなくて？」

嫌みっぽく言いながらも、御前に上がって楽しく過ごすという案には、小式部も賛成ら

しい。仕度《したく》があるからと言って、いそいそと賢子の部屋を出て行ってしまった。

「あの子、おしゃれに力を入れるつもりなんだわ。私だって、この前、お母さまが送ってくださった新しい袿《うちき》（唐衣《からぎぬ》の下に着る衣服）があるのよ。着る機会がなかったけれど、今日こそ袖《そで》を通さなくちゃ。私もこれで失礼するわね」

良子も小式部には負けまいと、あたふたと部屋を後にする。続けて小馬も去ってしまったので、残ったのは藤袴一人となった。

「藤袴殿《どの》はお仕度はもう十分でしょう？　裳《も》と唐衣だけ着ければ御前《おまえ》に出られるものね」

賢子は藤袴を引き留めると、改めて尋《たず》ねたいことがあると切り出した。

「あなたは本当は誰《だれ》のご息女《そくじょ》なのですか」

藤袴は無言のまま、黒目がちの目をじっと賢子に向けた。瞬《まばた》きもしない目は吸い込《こ》まれそうに美しい。

ややあってから、

「どうして、そんなことをお尋ねになるのですか」

と、藤袴はおもむろに訊《き》き返した。

「知ってしまったんです。私のお母さまが、皇太后さまのご命令で、藤袴殿を亡き大納言さまのご息女にするよう手配をしたということ」

「そうでしたか」

藤袴はそう呟《つぶや》くと、もうごまかそうというつもりはないらしく、賢子から目をそらさずに話し出した。

「確かに、わたくしは大納言さまの娘《むすめ》ではありません。わたくしの宮仕えのお世話をしてくださっている後見《うしろみ》の方も、源大納言家の方ではありません。でも、わたくしがどういう者で、後見が誰か、ということは訊かないでいただけませんか」

その物言いはあきれるくらいきっぱりしていて、藤袴が賢子にすべてを打ち明ける気のないことがはっきりと分かった。だが、不快でもなければ寂《さび》しくもなかった。藤袴が本音でしゃべっているということが伝わってくるからかもしれない。

「分かりました。友がそう言うのであれば、やめることにいたしますわ」

「友……？」

藤袴は首をかしげている。

「ええ。あなたを友と思っているから、その頼《たの》みは聞こうと思うのです」

賢子は改めて「藤袴殿」と呼びかけた。

「前に私があなたに親しくしましょうと申し上げた時、あなたは一人でも平気だとおっしゃった。今でもそう思っているのかしら」

賢子の問いかけに対して、藤袴の返事はなかった。ただ、その唇《くちびる》は小さく動いている。

「友……。わたくしたちが――」

まるで、その言葉の響《ひび》きを何度も確かめようとするかのように呟《つぶや》いた後――。

「友――というのは、とても美しい言葉ですわね」

藤袴はそう言って、にっこりと微笑《ほほえ》んだ。

「これまでのわたくしにとって、『友』とは言葉として知っているだけ。まるで夜空に浮《う》かぶ月のように遠いものでした。友情というのがどういうものか、わたくし、よく分かりませんの。でも……」

いつの間にか、藤袴の顔は寂《さび》しげな翳《かげ》りを帯びている。だが、藤袴は二、三度瞬《まばた》きした後、じっと賢子を見つめると、気を取り直したように続けた。

「越後弁殿《どの》が先ほど、わたくしへの嫌《いや》がらせをやめてくれるよう、必死になって因幡さまに訴《うった》えてくださった時、胸がふんわりと温かくなりましたの。何ていうか、こんな気持ち、初めてで――」

はにかむような藤袴の様子を見ていると、賢子も胸が熱くなってくる。

「私は今でも、あなたと親しくしたいと思っておりますわ！」

藤袴の手を取って、その顔をのぞき込《こ》みながら言うと、藤袴の頬《ほお》がほんのりと赤らんだ。

「わたくし、今も申し上げたとおり、友として誰《だれ》かとお付き合いをしたことがありませんの。……それでも、よろしいのでしょうか」

「もちろんよ。これから仲良くいたしましょう」

賢子の明るい声に、藤袴の顔が花開くようにほころんだ。

（よかった。ちょっと変わっているけれど、やはり藤袴殿だって親しい友が欲しかったのだわ）

いいことをした――と思い、賢子が満足感に浸《ひた》っていると、「では、越後弁殿」と藤袴から何となく改まった様子で呼びかけられた。

「はい？」

何事だろうと思いながら返事をすると、藤袴が小首をかしげながら問いかけてきた。

「わたくしたち、これから何をすればよいのでしょうか」

「えっ、何をする、って――？」

賢子も首をかしげてしまう。

「友としてお付き合いをするに当たって、まず何をすればいいのか、教えていただきたいのですけれど」

思わず、まじまじと藤袴を見つめ返してしまったが、その顔つきは大真面目であった。どうやら「友となる」には、それに見合った儀式《ぎしき》や手続きがあると誤解しているらしい。

（婚礼《こんれい》の儀式じゃあるまいし……）

友になる儀式など、賢子とて誰とも交わしたことがない。一緒《いっしょ》に過ごしているうちに、いつの間にか親しくなっているのが友というものだろう。

だが、浮世離《うきよばな》れした藤袴にとっては、儀式めいたことをするのが分かりやすいかもしれない。そう思い直した賢子は、少し考えをめぐらせた後、

「友の誓《ちか》いを立てた者同士はね、互《たが》いの持ち物を交換《こうかん》するものなのよ」

と、さも初めから決まっていたことのように告げた。何も知らない藤袴は、

「互いの持ち物を交換することで、友を身近に感じるということですね」

大いに納得した様子でうなずいている。では、何を交換いたしましょう——と問われて、賢子ははたと考え込《こ》んだ。

「それは、特に決まっていないのだけれど……。できれば、身近に持っていられる小さなもので——」

鏡、櫛《くし》などが浮《う》かんだが、高価なものはあまりよくない。筆や硯《すずり》などはよく使うが、持ち歩くことはできないだろう。ならば、互いに好きな歌や言葉などをしたためて、その紙をきれいな袋に入れて持ち歩く、とか——?

(そうだわ!)

その時、賢子の脳裡《のうり》に突然《とつぜん》、あるものがひらめいた。

「ねえ、藤袴殿《どの》。この歌をご存じかしら」

賢子はそう言うなり、一首の歌を口ずさみ出した。

主知《ぬし》らぬ香《か》こそ匂《にお》へれ秋の野に　誰《た》が脱《ぬ》ぎかけし藤袴ぞも

「『古今集《こきんしゅう》』にある歌、素性《そせい》法師でしたかしら」

藤袴の教養のほどが感じられて、賢子は満足げにうなずいた。

「ええ。秋の野に誰《だれ》のものとも分からない香《かお》りが漂《ただよ》う、いったい誰が脱いだ袴――藤袴なのか。この歌は袴と藤袴を掛けて、藤袴が薫《かお》り高い花だってことを詠《よ》んでいるのよね。今ふっと、あなたの呼び名でもあるこの歌を思い出したの」

藤袴は賢子の言わんとするところを察することができないらしく、訝《いぶか》しげな表情を浮かべている。

「私たち、香りを交換しましょうよ」

賢子は勢いよく言った。

「香りを――？」

「ええ。香り袋《ぶくろ》を――。藤袴殿はお持ちではないかしら？」

「持っておりますわ。藤袴の花の香《か》ではありませんけれど」

藤袴は合点がいった様子で言い、すぐに懐《ふところ》から小さな紫《むらさき》色の香り袋を取り出した。賢子も自分の懐から萌黄《もえぎ》色の香り袋を取り出してみせる。いずれも手のひらで握《にぎ》れるほどの大きさで、巾着《きんちゃく》の形をしており、上を紐《ひも》でくくってあった。

二人はどちらからともなく、互《たが》いの香《かお》り袋《ぶくろ》を交換《こうかん》し、その匂《にお》いを嗅《か》いだ。

香木《こうぼく》の沈香《じんこう》を中心に、丁子《ちょうじ》、甘松《あままつ》、麝香《じゃこう》などの香料を交ぜて、自分だけの香りを作り出すのだが、何をどのくらい交ぜ合わせるかで香りは変わるので、作り手の力量が問われるのである。

藤袴の香り袋からは、しっとりと甘《あま》く上品な香りが漂《ただよ》ってきた。それに比べると、自分の作った香りは少しさっぱりしすぎて甘さに欠けていただろうか、と賢子はひやひやする。

だが、

「越後弁殿《どの》の香りはさわやかで、夏の朝を感じさせられますわ」

藤袴は気に入ってくれたらしく、にこやかに微笑《ほほえ》んでくれた。

何と華《はな》やかな笑顔なのだろう。賢子は思わず見とれてしまう。まるで、雲間《くもま》から満月が突然《とつぜん》顔を見せたかのような笑顔。

「藤袴殿の香りは、とても雅《みやび》で贅沢《ぜいたく》な心地にさせてくれます」

賢子も微笑み返しながら言い、続けて香り袋ごと、藤袴の両手を取って優しく握《にぎ》った。

「これでもう、私たちは親しき友ですわね」

賢子がそう言うと、少し目をみはった藤袴は、やがて賢子の手をそっと握り返してきた。

第三章　親しき友と恋《こい》しき人

一

間もなく、因幡《いなば》は体の具合が思わしくないことを理由に、宮仕《みやづか》えを辞《や》めた。烏丸《からすま》と左京《さきょう》も申し合わせたように実家に帰っている。後の二人は辞めたわけではないが、しばらくは御所《ごしょ》へ戻《もど》ってこないようだ。

おかげで、賢子《かたこ》たちは御所での暮らしがすこぶる快適なものとなった。良子《よしこ》ももともと仲のよかった少女たちと仲直りをし、すっかり元気を取り戻している。

一方、藤袴《ふじばかま》は賢子はもちろんのこと、良子や小式部《こしきぶ》、小馬《こま》たちとも親しくするようになった。

「友になる儀式《ぎしき》はね、誰《だれ》かと交わしたら一年の間は、他の人と交わしちゃいけないの」

誰彼《だれかれ》となくあの儀式をしようと持ちかけられても困るため、賢子は藤袴にはそう言い含《ふく》めておいた。

「では、越後弁殿《えちごのべんどの》とわたくしは今、互《たが》いに最も親しい友同士なのですね」

藤袴は輝《かがや》く満月のような笑顔を浮《う》かべて言う。賢子を信じ切ったその笑顔を見ると、少し申し訳ないような気がするが、賢子自身、藤袴のような少女から親友と思ってもらえるのは嬉《うれ》しく、少し得意でもあった。

そして、暦《こよみ》が六月を迎え、いよいよ夏も終わりに差しかかった頃《ころ》――。

賢子は皇太后彰子《あきこ》から文《ふみ》を一つ託《たく》された。「中納言藤原隆家卿《ちゅうなごんふじわらのたかいえきょう》のもとへ届けるように」との仰《おお》せである。

（お母さまから託された大事なお役目の初仕事だわ）

賢子は気を引き締《し》めて、文を受け取った。

皇太后彰子には、ひそかに進めている計画がある。

それは、亡き夫一条《いちじょう》天皇の遺志を遂行《すいこう》することであり、その遺志とは一宮敦康親王《いちのみやあつやすしんのう》を皇位に就けることであった。

敦康親王は皇后定子《さだこ》の忘れ形見であり、彰子から見れば、恋敵《こいがたき》の産んだ子である。

一方、彰子は一条天皇との間に二宮敦成《にのみやあつひら》親王を生《な》しており、この敦成が東宮《とうぐう》（皇太子）に選ばれていた。

本来ならば、我が子が東宮となったことを喜び、誇《ほこ》りに思うところである。

しかし、彰子は違《ちが》っていた。

一条天皇の望みを圧《お》しつぶし、自分の孫を強引に東宮とした父道長に反撥《はんぱつ》したのだ。

――亡き帝《みかど》（天皇）のお望みを叶《かな》えて差し上げられるのは、わたくししかいない。

その思いを胸に、彰子は帝の崩御《ほうぎょ》後、ずっと敦康親王の庇護《ひご》を続けた。道長が敦康親王に手を出せぬように――。

そして、いずれ敦康の味方となってくれる貴族たちを、ひそかに集め始めた。もちろん、敦康には何も知らせていない。

味方の一人は、左大臣道長にも対抗し得る、小野宮右大臣《おののみやのうだいじん》藤原実資《さねすけ》。こちらはすでに彰子の意を汲《く》んでおり、いざという時は力になってくれるはずである。

そして、今、彰子が自らの陣営に取り込《こ》もうとしているのが、中納言藤原隆家であった。隆家は亡き皇后定子の弟で、敦康親王の叔父《おじ》であるから、味方にならないわけがない。

ただ、彰子と隆家は従兄妹《いとこ》同士とはいえ、これまで何のつながりもなかったから、下手な動きを見せればすぐに目立ってしまう。

そこで、賢子がその間を取り持ち、文や言伝《ことづて》の届け役を果たすのである。これまでは、母の紫式部《むらさきしきぶ》が果たしていたその役目を、今や賢子が引き継《つ》いだ形となった。

このことは誰《だれ》であろうと、決して明かすわけにはいかない。それは、友であれ恋人《こいびと》であれ、誰かに自分の心をすっかり預けてしまうことが許されないということであった。とて

も心寂《さび》しいことではあるが、

（私はお母さまのように、しっかりお勤めして、皇太后さまをお支えできる女房《にょうぼう》になると決めたのだもの）

賢子は自分にそう言い聞かせている。

そして、まず初の仕事を果たすため、数日の間、御所を下がることになった。

もちろん、御所から直《じか》に中納言隆家の邸《やしき》へ行くわけにはいかない。

賢子はまず、平安京の東を流れる鴨川《かもがわ》沿いに建つ実家、堤邸《つつみてい》に入った。それから、日を改めてひそかに中納言の邸へ行くつもりである。

賢子の祖父藤原為時《ためとき》が越後《えちご》へ行って以来、堤邸は主《あるじ》が留守であった。しかし、親族の者が別の対《たい》（廊下《ろうか》でつながった別の建物）で暮らしていたし、賢子も御所を出た時の「宿下《やどさ》がり」の邸として使っている。

賢子は御所から移った当日は堤邸から動かず、翌日、念のため、親戚《しんせき》が使っている牛車《ぎっしゃ》を借りて、なるべく目立たぬように三条の中納言邸へ向かった。

この邸へ行っても、賢子が中納言隆家に会うことはない。馬《うま》の御方《おんかた》という名の女房に文《ふみ》を渡《わた》すよう、彰子から言われている。今回は特に返事をもらう必要もなかった。

賢子が皇太后の名は出さず、越後弁と名乗り、馬の御方との対面を願い出ると、すでに話が通っていたのか、長々と渡殿《わたどの》を歩いて、ある女房の部屋へ通された。

「私が馬でございます」

母より少し年上かと思われる女が、はきはきした声で言った。「御方《おんかた》」というのは敬称なので、本人は使わなかったのだろうが、「馬」と名乗られると何となくおかしい。

この中納言家の女房である馬の御方は、明るく朗《ほが》らかな人柄《ひとがら》のようであった。

賢子が名乗り、彰子から預かった文《ふみ》を渡すと、馬の御方はそれを手にいったん部屋を出て行った。入れ替《か》わるように、女童《めのわらわ》が蜜《みつ》入りの冷えた水を持ってきてくれる。それを飲んで待っていると、ややあってから、馬の御方が手ぶらで戻《もど》ってきた。

「ご苦労さまでした。中納言さまには確かに文をお渡しし、中身もしかとお目を通されました。文の方はすでに焼き捨ててしまいましたので、ご安心くださるようお伝えくださいませ」

という報告を受けると、賢子の役目は終わりである。

だが、馬の御方が賢子の前に座り込《こ》み、にこにこと笑いかけてくるので、すぐに帰るとも言い出しかねた。

「越後弁殿《どの》はお若いのに、大事なお役を務められてご立派ですこと」

馬の御方は感心したように言った。話し方が年輩《ねんぱい》の人のように重々しくないので、こうして二人きりで向き合っていても決して気づまりではない。

「お母上もさぞやお喜びでしょうねえ」

母が紫式部と知った上での言葉なのだろうか。とはいえ、確認するのもおかしいので、賢子はかまわずに答えることにした。

「母は私のことを立派だなどと思ってはおりません。たぶん、危なっかしいと今でも思っているはずです」

「あら、どうして」

「私は母のように慎重《しんちょう》ではなくて、突《つ》っ走ってしまうところがございますので」

「そう。確かに、お母上は慎重なお方なのでしょうねえ」

馬の御方が賢子の言葉に同意したので、

「母のことをご存じなのですか」

と、賢子は尋《たず》ねた。すると、馬の御方はきょとんとした目つきになって、

「あら、だって越後弁殿のお母上は紫式部殿でしょう？　直《じか》に存じ上げなくたって名は知られているし、お書きになったものを読めば、お人柄《ひとがら》は分かりますよ」

と、答えた。

「『源氏物語』を読んでくださっているのですね」

「それはもう。今の世の中に生まれ、『源氏物語』を読まないなんて、もったいないことですもの」

母の作品をそんなふうに手放しでほめられれば、賢子とて嬉《うれ》しい。そんな気持ちを察し

たのだろうか、

「お母上のこと、さぞ誇《ほこ》らしいでしょうねえ」

と、しみじみとした口ぶりで、馬の御方は呟《つぶや》くように言った。

「それはまあ、そうなんですけれど、私と母は合わないんです。根本の性質がまるで正反対ですから」

幼い頃《ころ》からずっと胸に抱《かか》えてきたことを、賢子はつい馬の御方の前で話してしまった。

もちろん、母を嫌《きら》っているわけではないし、今では母の苦労や生き方も分かっている。

それでも、性格の違《ちが》いだけはどうすることもできない隔《へだ》たりであった。

「それは、あなたがお父上に似られたからでしょう？　だったら、お母上と越後弁殿《どの》は仲がよろしくても不思議はないのに……」

「母と娘《むすめ》は……そういうわけにもいかないんです」

思わずため息がこぼれてしまう。賢子のように、明るく楽しいことが好きで、時におっちょこちょいだったという父のことを、母は親しみをこめて話してくれたことがある。

それなのに、賢子のことをそんなふうに誰《だれ》かに話すことはないだろう。

「そうねえ。そういうのは何となく分かるわね」

賢子の言わんとするところを察して、うなずいてくれる馬の御方は不思議な魅力《みりょく》のある人だった。

相手から話を引き出すのがうまい聞き上手なのだろう。賢子は知らぬ間に母との葛藤《かっとう》を話してしまっていたし、話しやすいが年輩者《ねんぱい》の貫禄《かんろく》もあるから、何だか相談したい気分になってくるのである。

「今も、母から注意されたことに、私は逆らってしまっているんです」

「あら、どんなことを？　差《さ》し支《つか》えがなければ聞かせてちょうだい」

馬の御方から促《うなが》され、賢子は語り出した。

「御所へ新しく入った同い年の女房がいるんですけれど、私はその人と親しくなりたいと思ったんです。でも、母からは反対されて……」

母の言葉を軽く考えていたわけではないが、いじめを撃退《げきたい》した高揚感《こうようかん》も手伝って、母の言葉に逆らってしまった。

賢子はそれまでのいきさつを、人の名は出さずに簡単に語った。

「越後弁殿はその人とお付き合いをしてみて、やはり付き合わなければよかったと思うようなことがあるの？」

賢子の話を一通り聞き終わると、馬の御方はそう尋《たず》ねた。

「いいえ、まったく。ちょっと風変わりなところはありますが、教養もあって、姿も心も美しい人ですから。それに、その人が私を友として頼《たよ》ってくれると、私、とても嬉《うれ》しいんです」

「だったら、もっともっと仲を深めて、よい刺激《しげき》を受けるべきですよ。お互《たが》いに必要とし合える、尊敬し合える友というのは、掛《か》け替《が》えのないものですからね」

力強い口ぶりで言ってくれる馬の御方の言葉は、とてもありがたい。だが、藤袴と自分は本当に掛け替えのない友同士なのだろうか。そう考えると、少し不安になる。

確かに、藤袴とは親しくなれた。因幡に立ち向かった賢子に胸が温かくなったというのもうそではないだろうし、香《かお》り袋《ぶくろ》を交換《こうかん》した時は本当に嬉《うれ》しそうだった。今では、賢子を先輩《せんぱい》の女房として頼《たよ》ってくれることもある。

だが、「ごきげんよう」と言って、にこやかに向けられる藤袴の笑顔は、いつでも同じ顔に見えるのだ。そもそも、藤袴は賢子の香り袋をいつも持っていてくれているのだろうか。賢子は藤袴の香り袋を必ず懐《ふところ》の中に忍《しの》ばせているのだが……。

黙《だま》り込《こ》んでしまった賢子の内心を、それとなく察したのか、馬の御方が続けた。

「初め『一人でいい』と言っていたその人の気持ちを変えたのは、越後弁殿《どの》ですよ。一人でいいなどという考え方はありません。たとえどれほど身分が隔《へだ》たっていても、人と人が親しく心を触《ふ》れ合わせることはできるのですもの。だって、人として生まれた意味はそこにあるのですから」

自信をお持ちなさいな——と、馬の御方は賢子を励《はげ》ますように言った。

馬の御方の口からつむぎ出される言葉には、不思議な力がある。特別なことを言っているわけではないのだが、知らず知らず力づけられている。うつむいていた顔を上げなくてはならないような気持ちにさせられる。

実際に賢子が顔を上げると、目の前には夏の陽射しのように明るい馬の御方の顔があった。心にかかっていた薄《うす》い靄《もや》が晴れてゆくように感じられる。

「お言葉、胸に沁《し》みました」

賢子は丁寧《ていねい》に礼を言い、馬の御方のもとを辞去した。

帰り道、ふと馬の御方には娘《むすめ》がいるのだろうかと、疑問が湧《わ》いた。最後の励ましの言葉など、母が娘にかけるもののように感じられたからだ。もし娘がいるのなら、その人はとても幸せな人だろうと思う。

(次にお会いした時には、ぜひともそのことをお尋《たず》ねしなくては――)

賢子はそう心に留めた。

二

中納言隆家《たかいえ》の邸《やしき》を訪《たず》ねてから、五日ほどを堤邸《つつみてい》で過ごし、それから賢子《かたこ》は皇太后の御所《ごしょ》へ戻《もど》った。まずは彰子《あきこ》に挨拶《あいさつ》をし、役目を無事に果たしたことを報告する。

それが済むと、賢子は御前《おまえ》から少し離《はな》れた所に、藤袴《ふじばかま》や良子《よしこ》、小式部《こしきぶ》、小馬《こま》の姿を探した。皆《みな》はそろっていなくとも、誰《だれ》かしら御前に控《ひか》えているだろうと思ったのだが、案の定、良子と小式部の姿を見かけた。

この二人が仲良くおしゃべりしていることもなく、良子は別の女房《にょうぼう》たちと一緒《いっしょ》にいて、小式部は誰かから届いたらしい文を読みふけっているようだ。

良子の方でも賢子に気づいたらしく、すぐに立ち上がると近づいてきた。

「越後弁殿《えちごのべんどの》ったら、やっと戻《もど》って来たのね。あまり遅《おそ》いから、堤邸《つつみてい》へ催促《さいそく》の使者を送ろうと思っていたのよ」

良子は開口一番、まるで文句でも言うように早口でしゃべった。

「遅いって、私が留守にしていたのはたった数日よ」

良子の言い分を不審《ふしん》に思いながら言い返すと、

「その数日の間に、大変なことが起こったのよ」

と、良子は昂奮《こうふん》した面持ちで言う。

「何があったって言うの？」

少し不安をかき立てられて訊《き》いた賢子を、良子は几張《きちょう》の隅《すみ》まで引っ張っていった。

「あなたが実家へ帰った翌日、頼宗《よりむね》さまが御所へお越《こ》しになったのよ」

その言葉に、賢子はがっかりする。せっかく部屋まで訪ねて来てくれた先日は、仲間たちと一緒だったし、今度は実家に帰っている時だなんて――。どうして、こうもついていないのだろう。

だが、良子は賢子の落ち込んだ様子にも気づかないのか、相変わらず昂奮した様子で先を続けた。

「その時、どなたとご一緒だったと思う？」

「どなたって、ご兄弟の誰か？」

頼宗は一人でやって来ることもあるが、そうでなければ、兄弟の誰かとともに来ることが多い。だが、賢子のその当たり前すぎる答えに、良子は大きく首を横に振《ふ》った。

「違《ちが》うのよ。頼宗さまは先帝《せんてい》の一宮《いちのみや》さまのお供をして参られたの」

良子はもったいぶった調子でおもむろに告げた。

先帝の一宮とは、敦康《あつやす》親王のことだ。皇后定子《さだこ》の忘れ形見であり、彰子が次の帝《みかど》に立てるべく心を砕《くだ》き、その一方では左大臣道長がおそらく目障《めざわ》りに思っているであろう皇子《みこ》。

本人の意思とは関わりなく、何かと道長一家の心を騒《さわ》がせ、世の中を動揺《どうよう》させかねない火種のような皇子。

賢子自身、敦康親王を見たことはないのだが、その当人を帝の位に就《つ》けるべく彰子の手足となって働いていたから、もちろん無関心ではいられない。

その敦康親王を拝見する機会を逃《のが》してしまったのは、ますます惜《お》しいことであった。

「その折、何があったと思う？」

再び賢子に問いかけをぶつけた良子だが、今度は賢子の返事を待つことなく、先を続けた。

「お二人が藤袴を御覧《ごらん》になったのよ」

その言葉を聞いた瞬間《しゅんかん》、賢子の胸はずきんと痛みを覚えた。先の話は聞かないでも分かる気がする。いや、むしろ聞きたくはない。だが、良子の言葉は容赦《ようしゃ》なく続けられた。

「几張《きちょう》の陰《かげ》からちょっとのぞき見られたくらいなんだけれど、藤袴はあれだから目立つでしょ。それで、お二人ともすっかりお目を奪《うば》われてしまったわけ。特にほら、一宮さまは幼い頃《ころ》、御匣殿《みくしげどの》に育てられていた時期もあったわけだし……」

「一宮さまが藤袴殿に恋《こい》をなさったということ？」

頼宗が藤袴に惹《ひ》かれたのであってほしくない。その願いが無意識に頼宗のことを避《さ》けさせ、賢子は敦康親王のことだけを口にした。

「まあ、そうなんでしょうけれど、一宮さまはあからさまにお口にされたりはしないわ。問題は頼宗さまよ。すっかり藤袴のことを気に入ってしまわれて、一宮さまにご遠慮《えんりょ》することもなく、人前で堂々と口説《くど》かれるのだもの。あれじゃあ、一宮さまだって藤袴にお声をかけづらくなってしまうわよ」

「堂々と口説かれた……？」

頼宗の色好みはめずらしい話ではない。御所に新しい女房が入れば、取りあえず口説く――というのが、頼宗の決まった行動であった。頼宗に口説かれて浮《う》かれない女はなく、たいていはすぐに恋人になってしまう。

だが、頼宗の恋人であり続けるのは難しい。

頼宗のたった一人の女になりたいとは思わず、大勢の恋人たちの中の一人でいいと思えるならば、それは続くだろう。だが、そうでなければ、いずれその関係は破綻《はたん》してしまう。そうやって頼宗との恋を終わらせた女房たちが、皇太后の御所にはあふれていた。

「この御所では人気者の頼宗さまだけれど、さすがにあのご態度はひどかったわ。そうよね？」

良子はいつの間にか、そばに来ていた女房たちに同意を求めた。ついさっきまで良子と一緒《いっしょ》にいた女房たちが、こちらへ席を移してきていたらしい。

「ひどいも何も――。頼宗さまったら、北の方《きたのかた》(正妻)をお迎《むか》えになられたばかりでしょう？あれでは、北の方もお気の毒だわ」

「あれだから、色好みのお方は困ったものなのよ。ああいう癖《くせ》って、一生治らないっていうじゃない？」

良子たちがさかんに言い合っている言葉を聞くうち、賢子は居ても立ってもいられぬ気分に駆《か》られていた。そして、思わず立ち上がると、几張の陰から飛び出した。

「ちょっと、どこへ行くのよ」

驚《おどろ》いた良子の声が追いかけてきたが、賢子は振《ふ》り返る余裕《よゆう》も持てなかった。

彰子の御前《おまえ》を下がった時、その足ですぐにどこへ向かおうと決めていたわけではない。

だが、気づいたら、賢子は藤袴の部屋の前にいた。

「越後弁です。失礼してもいいかしら」

賢子が戸口で声をかけると、「どうぞ」という藤袴の声が聞こえてきた。賢子はその声に導かれるように、戸を開けて中へ入った。

賢子が母と二人で使っていた部屋ほど広くはないが、新参の女房にしては広すぎる部屋に、藤袴はぽつんと座っていた。見れば、その膝《ひざ》の上には、読みかけらしい文《ふみ》が裏返しになって置かれている。

「ご実家から、やっとお戻《もど》りになられたのね」

藤袴は五日ぶりの再会に嬉《うれ》しそうだった。目の前に座った賢子にさっそく明るい声で話しかけたのだが、すぐに様子のおかしいことに気づいたようだ。

「少しお顔の色が悪いようだけれど、ご実家で何かあったのですか」

心配そうに声をかけてくる。確かに、実家で何かあったと考えるのがふつうだろう。だが、賢子の顔色を悪くさせたのは、この御所で起こった出来事なのだ。そんなことは想像もしていない藤袴の無垢《むく》で無邪気《むじゃき》な表情を前にすると、賢子はどことなく息苦しさを覚えた。

「お文を御覧《ごらん》になっていたのね」

頼宗から届いたものだろうか、嫌《いや》なことを考えてしまう気持ちを無理に押《お》し殺し、賢子はさりげなく尋《たず》ねた。

「ええ、先日、こちらへお見えになられた一宮さまが、お文を送ってくださったのです。わたくし、男の方からお文をいただいたことなんてなかったので、何だか気持ちがふわふわしてしまって……」

藤袴の様子からは相変わらず邪気の欠片《かけら》も感じられない。敦康親王からの文を純粋《じゅんすい》に、心から喜んでいるだけなのだ。恥《は》ずかしがって隠《かく》そうともしなければ、自慢《じまん》げな顔をするでもない。

「越後弁殿は男の方から、お文を頂戴《ちょうだい》したことがあるの?」

「ええ、それはまあ……」

頼宗からもあるし、他の男性からもある。だが、その回数が最も頻繁《ひんぱん》なのは、藤原兼隆《ふじわらのかねたか》であった。

もちろん、文を送ってきた数だけで、想いの深さや誠実さが量《はか》れるわけではないが、よくよく思い返してみれば、頼宗から文をもらったのはほんの数えるほどであった。

「それなら、ご返事なども書き慣れていらっしゃるのでしょう?」

「人からほめられるような返事を書けるわけではないけれど……」

そう答えながら、ふと藤袴の傍《かたわ》らに目をやった時、賢子はもう一通、草花の茎《くき》に結び付けられたままの文《ふみ》が置かれていることに気づいた。少し離《はな》れているのでよく見えないが、茎の先端《せんたん》に小さな薄紫《うすむらさき》の花をいくつも咲《さ》かせているのは、もしや藤袴の枝ではないだろうか。

「そちらのお文も一宮さまからのものですか」

「いえ、そちらは三位中将《さんみのちゅうじょう》さま(頼宗)からですが……」

藤袴はこちらについても隠《かく》そうというそぶりもなく打ち明けたが、

「でも、そちらは読むつもりはありませんの」

と、さらにあっさりした口ぶりで続けた。

「えっ、読むつもりがないって……?」

「だって、ご返事を出すつもりもないのですもの」

藤袴は申し訳なさそうな顔色一つ見せることなく答えた。

女性が受け取った男性からの文に返事を書かないのは、決して常識外れというわけではない。特に身分の高い姫《ひめ》の場合、最初に届いた文で直筆《じきひつ》の返事をするなどあり得ないのだ。しばらくは無視し続け、その後、お仕えする女房が代筆をし、ようやく本人が——といった運びである。

だが、それは高貴な姫君の話で、賢子たち女房階級の女性はまた違《ちが》った。御所へやって来る男性たちと頻繁《ひんぱん》に顔を合わせ、直《じか》に口も利《き》き、対等に渡《わた》り合うことが求められる場に暮らしているのだ。文にしたところで、気の利いた返事を書いて、相手の男性を感心させるようなことをこそ求められる。

もちろん、頼宗からの文の内容に予想はつくし、その想いを受け容《い》れるつもりのない藤袴が文を読まないと決めているのを、責めることはできない。

（でも、一宮さまからのお文はちゃんと読んで、こんなに嬉《うれ》しそうに話しているのに……）

ぞんざいに扱《あつか》われた頼宗の文を目にしていると、賢子は何とも落ち着かぬ気分になる。頼宗が気の毒なのだろうか。確かに、そうかもしれないが、頼宗を想う賢子にしてみれば、むしろ喜ばしいことのはずだ。頼宗の藤袴への想いは報《むく》われないのだから――。

しかし、よかったと安堵《あんど》する気持ちも、嬉しいと思う気持ちもまったく湧《わ》かなかった。むしろ、落ち着かぬ気持ちはさらに濃さを増してゆき、やがて、怒《いか》りとも妬《ねた》みともつかぬ黒い感情として賢子の胸に宿った。

「藤袴殿が御覧《ごらん》にならないのなら、私が拝見してもかまわない？」

賢子は藤袴の目を見ないで尋《たず》ねた。

ふつうは断るところである。勘《かん》のよい女ならば、賢子の今の態度からその気持ちを読み取るはずだ。小式部ならばまず間違《まちが》いなく、良子や小馬でも気づかぬはずがない。

だが、藤袴は違《ちが》っていた。

「ええ、かまいませんわ」

想いを寄せる異性に文《ふみ》を書くというのがどういうことか、分からないのだろうか。いくら色好みと名高い頼宗とて、一人一人の女に書く文には相応の想いをこめているだろうに……。

藤袴が結びつけられた枝ごとあっさり差し出した文を、賢子は震《ふる》える手で受け取った。うつむいたまま、藤袴の顔を見ることもできなかった。

それは、やはり夏の終わりから秋の初めにかけて咲く藤袴の枝であった。白っぽい紫《むらさき》色の花をいくつも咲かせ、手に取れば、ふわりとよい香《かお》りが漂《ただよ》ってくる。

頼宗はわざわざ、その名にちなんで藤袴の枝を従者に探させ、それに文をつけて送ってきたのだろう。それだけでも、想いの深さが感じられる。

賢子は指がうまく動いてくれないのをもどかしく感じながら、文を枝から取り外し、中を開けた。

藤袴の花の色に合わせているのだろう、薄《うす》紫と紫の薄様《うすよう》を重ねた美しい紙に、見事な達筆でしたためられてある。

逢《あ》ふまでとせめて命の惜《お》しければ　恋《こい》こそ人の祈《いの》りなりけれ

——あなたに逢うまでは死ねない、そう思うとこの命が惜しくなりました。あなたに逢いたい。それが私の祈りなのです。

ぱっと目に飛び込《こ》んできた歌の、何と情熱のこもったものであることか。

(こんなお歌、私には送ってくださったことがないのに……)

なまじ歌の才があるだけに分かる。この歌は勅撰和歌集《ちょくせんわかしゅう》(天皇の命令で選ばれる歌集。歌が載《の》れば歌人として名誉《めいよ》なこととされた)に選ばれてもおかしくない、世間で名歌として評判になっても不思議のない歌だ。

そんな格別すばらしい歌を、頼宗は特に藤袴を選んで贈《おく》ってきた——。

文《ふみ》を持つ手に力が入った。くしゃっと紙のつぶれる音がしたが、賢子は気づかなかった。

もうそれ以上見ているのは忍《しの》びない。賢子は美しい薄様《うすよう》の紙を急いで折り畳《たた》むと、花の枝に再び結わえ付けて、藤袴に突《つ》き返した。そして、言葉もかけず立ち上がると、藤袴の部屋を出た。

三

引き止める声が届かなかったのか、賢子《かたこ》は走り去っていってしまった。

藤袴《ふじばかま》は一人取り残された。

同じように置き去りにされた枝に結わえ付けられた頼宗《よりむね》からの文《ふみ》――藤袴はしばらくそれをじっと見ていたが、やがて手に取ると、最初に置いてあったように脇《わき》へ退《の》けた。

それから、賢子が来る前にしていたように、敦康《あつやす》親王からの文を手に取ろうとした。その時、外に続く戸がかすかな音を立てた。

「越後弁殿《えちごのべんどの》――？」

賢子が戻《もど》って来たのかと思い、藤袴は顔を上げた。が、戸の向こう側からかけられた声は、別人のものであった。

「違《ちが》うわ。私、中将《ちゅうじょう》よ。入っていいわよね」

中将君良子《よしこ》は、藤袴がどうぞと言うより先に戸を開けていた。

忙《せわ》しない人だと思いつつ、中へ迎《むか》え入れる。良子はいつになくこわばった表情をして、藤袴の前に座った。

「藤袴殿《どの》にお尋《たず》ねしたいことがあるの。あなた、一体、何を考えているの？　どうして越後弁に頼宗さまからのお文《ふみ》を見せたりしたのよ」

「聞いていたのですか？」

藤袴は目をみはって問い返した。

「聞こえたのよ」

いらいらとした口調で、良子は押《お》し被《かぶ》せるように言うと、さらに続けた。

「あのね。そんなこと、この際、どうでもいいの。それより、私の問いに答えてちょうだい。どういうつもりで、頼宗さまからの文を越後弁に見せたのかってお尋ねしているのよ」

「どうって、越後弁殿が望まれたから、お見せしただけですが」

「頼宗さまに対する越後弁の気持ち、藤袴殿も知っているわよね。直《じか》に聞いたことはなかったかもしれないけれど、前に小式部《こしきぶ》があなたの前で口を滑《すべ》らせたことがあったもの。覚えているでしょう？」

「それは覚えています。けれど、あの時の小式部殿のお言葉は確か……越後弁殿が三位中《さんみのちゅう》将《じょう》さまをやめて、粟田参議《あわたのさんぎ》さまに乗り換《か》えた、という内容だったと思いますけれど」

「確かに小式部はそう言っていたわ。だけど、その話の流れから、越後弁が頼宗さまをお慕《した》いしていたってこと分かるでしょ？　それとも、分からなかったの？」

「それは、分かりましたけれど……。でも、今もそうだとはおっしゃらなかったですし」

藤袴は困惑《こんわく》したような表情を浮《う》かべ、首をかしげている。良子はいらいらと言葉を継《つ》いだ。

「そこは、今もお慕いしているとは口では言わないわよ。けれど、越後弁の態度を見れば分かるものではなくて？」

「やはり、越後弁殿は三位中将さまをお慕いしていたのですか」

「分かっていたというわけね。ならば、どうしてあんな……」

「そう思ったからこそですわ。だって、わたくし、三位中将さまのことを本当に何とも思っていないのですもの。それを正直に申し上げれば、越後弁殿のお心も和《やわ》らぐだろうと思ったのです」

「どうしてそうなるのよ。あなたって存外、鈍《にぶ》い人なのね。そんなことを聞けば、よけい心が乱されるに決まっているでしょう？」

「わたくしは越後弁殿を友と思うからこそ正直に申し上げました。何がいけなかったのでしょうか」

いくら言っても、自分の言葉は藤袴には届いていないのではないか。良子の胸にそんな思いが兆《きざ》していた。

それも、相手が愚《おろ》かゆえに届いていないのなら、知恵《ちえ》を授ければいいわけだが、そういうわけでもない。まるで、言葉の違《ちが》う異国の者を相手にしゃべり続けているような徒労感にさいなまれながら、良子は必死になって言葉を探した。

「あのねえ。自分のお慕《した》いしている人が、別の女を好きになって、その別の女は自分の好きな人を歯牙《しが》にもかけない態度でいる。これが、口惜《くや》しくないはずないでしょう?」

「ならば、わたくしはどうすればよかったのでしょう」

弟子が師匠《ししょう》に尋《たず》ねるような素直《すなお》さで、藤袴は尋ねてくる。こうなったら、嚙《か》んで含《ふく》めるように言い聞かせるしかない。

「頼宗さまがあなたを好きになったのは、もちろんあなたのせいではないわ。そして、あなたが頼宗さまを好きになろうとなるまいと、そのこと自体はどっちでもいいのよ。ただ、越後弁の友だと言うのなら——」

そこまで語った時、良子の内心にかっと熱いものが燃え上がった。

「頼宗さまからのお文《ふみ》をぞんざいに扱《あつか》うべきじゃないし、少なくとも、それを越後弁に見せてはいけなかったのよ!」


同じ頃《ころ》、賢子は自分の部屋に戻《もど》り、心を持て余したまま、どうしても頭から消えてくれない歌を口ずさんでいた。

「逢《あ》ふまでと命のせめて惜《お》しければ、恋《こい》こそ人の祈《いの》りなりけれ——」

口ずさむ度《たび》、腸《はらわた》が煮《に》えくり返ったようになる。だが、藤袴を妬《ねた》んでいるという自分を認めたくはなかったし、頼宗に失望したくもなかった。そんなことをすれば、頼宗を好きになった自分自身や、藤袴と親しくなろうとした自分自身を消し去ってしまいたくなる。

「あら、いいお歌だこと。あなたにしては――」

その時、断りもなく、部屋の戸を開けて勝手に入ってきたのは、小式部であった。

「苦しい恋をして、優れた歌が詠《よ》めるようになったのかしらね」

こんな時に、相変わらず気づかいのない言葉を吐《は》く。だが、むきになって言い返すだけの気力も湧《わ》かない。

ただ、自分の歌だと誤解されたまま放置しておくわけにもいかず、

「私の作った歌ではないわ」

とだけ、低い声で賢子は呟《つぶや》いた。

「あら、じゃあ、誰《だれ》のお歌？」

「頼宗さまが藤袴殿《どの》に贈《おく》ったお歌よ」

「何だ、頼宗さまのお歌なの？　だったら、心がこもっているかどうかは怪《あや》しいものね。あの方は天性《てんせい》の歌詠《うたよ》みだから、本心でなくてもいいお歌が作れるのよ」

「あなただって、似たようなものでしょ。本気でなくたって、すばらしい恋の歌が作れるじゃないの」

無理にしゃべっているうちに、少しばかり気力が回復したのか、賢子はそう言い返して

やった。

「あら、私はいつだって真剣《しんけん》な歌を作るわ。たとえ明日には心変わりするとしてもね」

小式部はしゃあしゃあと切り返してくる。続けて、

「まあ、言わずもがなのことでしょうけれど、藤袴を妬《ねた》むなんて、愚《おろ》かな女のすることよ」

と、賢子から目をそらして、独り言のように小式部は呟《つぶや》いた。

どうやら、これが言いたくて、賢子のもとに押《お》しかけてきたらしい。愚かな女になるな——と言ってくれているのだろうか。賢子は少しばかり小式部を見直していた。ところが、

「悔《くや》しいなら、あなたが藤袴から頼宗さまを奪《うば》ってやればいいのよ」

と、続けられた言葉はいかにも小式部という感じで、賢子には受け容《い》れがたいものであった。

「藤袴殿《どの》は頼宗さまのことなんか歯牙《しが》にもかけていないわ。一宮さまのことが気になっているみたいだもの」

ため息まじりに教えてやると、「やっぱりそうだったのね」と小式部は納得した様子でうなずいた。

「お二人が御所へ来られた時の藤袴を見ていれば、まあ、分かっていたことだけれど」

と、言う。その時から、藤袴は敦康親王に惹《ひ》かれるそぶりを見せていたということなのか。いや、あからさまにそう見せてはいなかったかもしれないが、鋭《するど》い小式部には気づか

れていたのだろう。

「頼宗さまは皇太后さまの弟で、今光君《いまひかるきみ》と呼ばれる貴公子だし、何一つ不足はないお方よ。でも、先帝《せんてい》の一宮さまとなると、やっぱり話は別よね。藤袴が一宮さまを選ぶのも無理はないわ」

「藤袴殿はそんな打算で選んでいるふうには見えなかったわ。きっと、本気で一宮さまを好きになったのよ」

賢子は先ほどの藤袴の様子を思い出しながら、力のない声で呟いた。

そう、誰《だれ》かが誰かを好きになるのは、どうしようもないことなのだ。誰が悪いわけでもない。誰を恨《うら》んでいいわけでもない。賢子自身、兼隆《かねたか》の想いを知りながら、受け容れていないではないか。だからといって、兼隆は賢子を責めたりしない。

賢子とて、頼宗や藤袴を責めるわけにはいかない。

賢子が自らにそう言い聞かせ、己《おのれ》の心にけりをつけようと努めていたその時であった。

「だったら、あなたが一宮さまを奪ってやれば？」

不意に、小式部がじっと賢子を見据《みす》えて言い出したのだ。

瞬《まばた》き一つしない小式部の目は、口先の軽さに似ず、真剣そのものである。

「えっ？」

「藤袴、きっと今のあなた以上に落ち込《こ》むはずよ」

私があなたならそうするわ――と、小式部はとんでもないことを平然と言い放つ。
賢子はまともな返事をすることもできなかった。

第四章　賢子危うし！

一

六月の晦日《つごもり》（三十日）は、夏越《なごし》の祓《はらえ》とも水無月《みなづき》（旧暦六月）の祓とも呼ばれる行事が行われる。暦《こよみ》上の夏はこの日で終わるので、夏を無事に過ごせたことを祝い、無病息災《むびょうそくさい》を祈《いの》るのである。

特に、麦で作った菓子《かし》を食べると体によいとされており、皆《みな》で麦菓子を食べる風習があった。

当日は、彰子《あきこ》の息子である東宮敦成《あつひら》親王が御所《ごしょ》へやって来ることになっており、その数日前から、女房《にょうぼう》たちはその仕度《したく》に追われていた。

こういう時、女房たちは装束《しょうぞく》や髪《かみ》の手入れ、香《こう》の調合などに浮《う》き足立つものである。だが、賢子の心は浮かれるどころか、沈《しず》み込《こ》んだままであった。

頼宗《よりむね》が藤袴《ふじばかま》に送った文《ふみ》を見てしまって以来、賢子《かたこ》は藤袴とまともに口を利《き》いていない。

あの後、御前《おまえ》で顔を合わせた時、

「越後弁殿《えちごのべんどの》、先日のことで、お話ししたいことがあるのですが……」

藤袴から声をかけられたのだが、賢子は藤袴と目を合わせることさえできなかった。

「私は、お話ししたいことなどありませんから」

これまで藤袴に対して向けたこともないような他人行儀《ぎょうぎ》の態度で応じ、賢子は藤袴から遠ざかった。

以後、話しかけてもいないし、藤袴も声をかけてはこない。

また、賢子は小式部《こしきぶ》とも話しづらくなってしまった。敦康《あつやす》親王を誘惑《ゆうわく》すればいいという提案は過激すぎて賛同できないが、彼女《かのじょ》なりに賢子を慰《なぐさ》めようとしてくれた気持ちが分かってしまうので、素直《すなお》になれないのだ。

かろうじて良子《よしこ》や小馬《こま》とは言葉を交わすが、良子は何だかぎくしゃくしているし、小馬は相変わらず賢子のことを案じてくれるのだが、それも少しうっとうしい。

夏越《なごし》の祓《はらえ》はそんな時期に近づいてきたのだった。

「当日のご装束《しょうぞく》は、夏萩《なつはぎ》にいたしますか。それとも、青紅葉《あおもみじ》にいたしますか」

数日前から、雪が賢子の仕度《したく》に目の色を変えている。もちろん、自分の仕《つか》える主人に恥《はじ》をかかせず、大勢の女房たちの中で目立たせることこそ、女童《めのわらわ》の仕事だからだ。

夏萩とは表が青、裏が紫、青紅葉とは表が萌黄《もえぎ》、裏が朽葉《くちば》の色を重ねた装束の着方のこと。季節に合わない着方をするのは恥であり、当日は夏の最終日であったから、選び方にも慎重《しんちょう》さが求められる。

夏の名残《なごり》を惜《お》しむなら夏萩だろうし、秋を先取りした青紅葉も悪くない。

「……どちらでもいいわ」

三日前になっても、賢子の返事は気のないものであった。

「もう、しっかりしてください。当日は、左大臣さま（道長）がお見えになられますのに」

粟田参議《あわたのさんぎ》さまもお供をなさるかもしれませんね――と、雪の声はここで浮《う》かれたような調子になる。

「もしかしたら、左大臣さまからお声をかけていただけるかもしれませんわ。姫《ひめ》さまのお母上は、よくお声をかけられておいででした」

「そりゃあ、お母さまはね。でも、左大臣さまは私のことなんて、お心に留めておられないわよ」

彰子が宮中に上がった時、賢子も供をして、道長の姿を見たことはある。だが、道長から直《じか》に声をかけられたことは、これまでに一度もなかった。

「まあ、そうかもしれませんね。お年も離《はな》れすぎていますし」

と、そこはさほど期待していないのか、雪の物言いもそっけないものであった。

そうこうするうち、一日二日と、日はあっという間に過ぎ、賢子が夏萩《なつはぎ》の襲《かさね》を着ると決めたのは、夏越《なごし》の祓《はらえ》の前日のことであった。

雪が青紅葉《あおもみじ》の装束《しょうぞく》をしまい、さらに念入りに夏萩の装束の手入れをして衣桁《いこう》にかけるのを見届けてから、賢子はその夜、眠《ねむ》りに就《つ》いた。そして、翌三十日の朝――。

どれほど気乗りがしなくとも、当日は仕度《したく》に大わらわとなる。

雪に手伝わせながら、髪《かみ》を梳《す》き、化粧《けしょう》をして、夏萩の装束を身にまとう。おろしたての真っ白な裳《も》を着け、檜扇《ひおうぎ》を手にしてようやく仕度が調《ととの》ったと思った時、

「あら」

と、賢子の十二単《じゅうにひとえ》の最後の点検をしていた雪が、袖《そで》の下の辺りで不審《ふしん》な声を上げた。

「姫《ひめ》さま。袖に何かをお入れになりましたか」

「いいえ。だって、雪が用意してくれてから、この装束に手を通したのは今が初めてだもの」

賢子が首をかしげると、雪は袖口に手を入れて、中に入っていたものを取り出した。

「お文《ふみ》のようでございますが」

雪は賢子に差し出しながら首をかしげた。昨日の夜、自分が念入りに点検した時には、そんなものは見当たらなかったと言う。

「どなたかがそっと忍《しの》び込《こ》んで、お袖に入れていったのでしょうか」

人知れず文を届けるのも、部屋の中に文を投げ込んでゆくのも、めずらしい話ではない。だが、部屋の中に入り込み、衣桁にかかっていた衣裳《いしょう》の袖に差し込んでゆくとなると、少し不気味な話となる。

雪から渡された文を手に取ると、ふっと香りが立ち上《のぼ》った。とても深い味わいがあって気品も感じられるが、よく嗅《か》ぐ香りではないような気がする。文の送り主がわざと薫《た》き染《し》めたものだろうか。

賢子は緊張《きんちょう》した心持ちで、文を開いた。それは、ただの白い紙を縦と横に一度ずつ折り畳《たた》んだだけの平凡《へいぼん》なものである。

——中納言隆家卿《たかいえきょう》よりまゐ(い)る菓子《かし》、毒あり

だが、賢子の目に飛び込んできた文字は、目を疑わせる異常なものであった。

「こ、これって——」

賢子はそれなり絶句した。その様子を見て、横から文をのぞき込んだ雪も息を呑《の》む。

中納言隆家から献上《けんじょう》された菓子に、毒が入っている！

藤原《ふじわらの》隆家は皇后定子《さだこ》や御匣殿《みくしげどの》の兄弟であり、敦康《あつやす》親王にとっては後ろ盾《だて》となり得るただ一人の叔父《おじ》であった。

そして、その敦康親王のため、皇太后彰子が味方に引き入れ、いずれは道長に対抗する力の一角を担《にな》わせようとしている人物。賢子は直に会ったことがないので分からないが、この一家――定子や隆家の父道隆《みちたか》の呼び名から「中関白家《なかのかんぱく》」と呼ばれるこの一族の中で、いささか変わり種と言われてはいた。

遠い昔の話だが、勘違《かんちが》いから花山法皇《かざんほうおう》に矢を射かけるという不始末をしでかしたこともある。

その他にも軽率な行動が問題にされ、一時は兄の伊周《これちか》と共に流罪《るざい》に処されていた。これが中関白家衰退《すいたい》のもととなったのだが、流罪から一転、許されて帰京した後は、年齢《ねんれい》も加わり、それなりに落ち着いたとされていたのだが。

今の隆家がこの文《ふみ》に書かれたようなことをするだろうか。そもそも、この文の送り主は誰《だれ》で、なぜ賢子に文をよこしたのか。

「姫《ひめ》さま、こ、このこと、どなたにお知らせすれば――」

雪が震《ふる》えながら言うのを聞いて、賢子は我に返った。

雪の言うとおりだ。今は、この文の書き手が誰か、なぜ届けた相手が賢子なのか、ということはどうでもいい。この文が事実であった場合、彰子と東宮を毒牙《どくが》から守らねばならない。

今日、御所には公卿《くぎょう》、殿上人《てんじょうびと》たちから菓子《かし》の献上品《けんじょうひん》がたくさん届く。

それらは一部を、彰子や東宮に披露《ひろう》することになっていた。もっとも、彰子たちが食べるのはこの御所で作られた麦菓子であって、余所《よそ》からの献上品をその場で口に入れたりはしない。

それでも、特別関心を引く菓子があれば別だ。彰子や東宮が食べてみたいと言い出せば、その願いは聞き届けられる。その場合はもちろん毒見がされるであろうが、万一にも毒見役の女房が倒《たお》れるようなことになれば——。

彰子や東宮の身に危険がなくとも、一大事である。どうあっても、それだけは避《さ》けねばならない。

(こうなったら、その菓子を事前にこっそり処分してしまうしかない)

そう考えをめぐらした時、賢子ははっとした。そうなれば、賢子が口をつぐんでいる限り、この一件は明るみに出ないことになる。だが、それは文の送り主の思惑《おもわく》とは違《ちが》っているだろう。

(この文を書いた人は、このことを大袈裟《おおげさ》に取り沙汰《ざた》してほしいのかもしれない)

ならば、賢子がするべきこととは、この文を彰子や年輩《ねんぱい》の女房に見せることである。

だが、本当にそれでいいのか。そんなことをすれば、隆家の立場はなくなる。毒が入っていなくとも、隆家は皆《みな》から疑いの目で見られることになるだろう。

そもそも、この文を書いた人物が隆家を陥《おとしい》れるため細工をした可能性もある。彰子がひそかに手を結ぼうとしている隆家が、彰子のもとへ毒入り菓子《がし》を贈《おく》るなど、よく考えればあり得ない話だ。

これが隆家を追い詰める陰謀《いんぼう》だとしたら、どうすればいいのか。考えれば考えるほど分からなくなる。

（とにかく、今の私がしなければならないことは――）

賢子は気持ちを落ち着け、他のことは考えず、その答えを出すことだけに集中した。すると、雑念は消えてゆき、たった一つの答えが見えてくる。

（御前《おまえ》に中納言さまからの菓子を出さないようにすること）

それだけだ。

考えがまとまると、賢子は献上《けんじょう》菓子を納めてある場所、その取りまとめ役の女房を調べてくるよう、雪に頼《たの》んだ。十二単《じゅうにひとえ》に身を包み、動きにくくなっている賢子より、雪の方が身軽に動くことができる。

「はいっ！」

雪は賢子の言葉を聞くなり、部屋を飛び出していった。

時はあまりない。まずは、取りまとめ役の女房のところへ行き、ひとまず中納言隆家の菓子を取り除《の》けておいてもらう。理由は説明できないから、皇太后彰子の命令だとでも偽《いつわ》るしかないだろう。その上で、このことを彰子にだけ知らせる。

これが陰謀かもしれない今、彰子以外の者の耳に入れるべきではない。

じりじりしながら待っている賢子のもとへ、息せき切って雪が駆《か》け戻《もど》ってきた。

「大変です、姫《ひめ》さま」

息を弾《はず》ませながら、雪は言う。

「本日、御前に出される菓子は、中納言隆家さまから届いたものだそうです。それをお選びになったのは、取りまとめ役の小馬さまだそうですが、すでに御前に赴《おもむ》かれたとのことでお会いできませんでした。そして、その菓子の運び役は藤袴さまだそうです」

「何ですって――」

小馬に藤袴――いずれも賢子の友と呼ぶべき二人がよりによって、この一件に関わっているとは。

二人とも大切な友だ。ぎくしゃくしたこともあるし、うっとうしいと思ったこともあるが、危ういことに巻き込まれるのを放置することはできない。

(私が止めなければ――)

賢子は手にしていた文《ふみ》を、急いで文箱《ふばこ》の中に収めると、部屋を駆《か》け出そうとした。が、いかんせん、正式な十二単が重すぎて、早足で歩くことさえできない。

「お、お待ちください、姫さま。私が裾《すそ》をお持ちいたしますので」

雪が慌《あわ》てて後を追い、賢子の裾を持って続いた。

二

賢子《かたこ》が御前《おまえ》へ向かった時には、すでに東宮敦成《あつひら》親王と道長の一行は到着していた。菓子《かし》が供《きょう》されてはいなかったが、彰子《あきこ》と敦成親王は御簾《みす》の中で、久しぶりの母子の対面を果たし、睦《むつ》まじく過ごしているらしい。

道長は御簾の外にいて、顔見知りの女房《にょうぼう》——主に年輩《ねんぱい》の女房たち数人と話に興《きょう》じているところと見えた。いずれも御所《ごしょ》を辞めた因幡《いなば》と同じくらいか、もう少し若いくらいで、この御所の重鎮《じゅうちん》という女房ばかりである。

（とにかく、皇太后さまのおそばに行かなくては——）

それしか頭にない賢子は、先に来て場所を取っていた女房たちを押《お》しのけるように、前へ前へと進んでいった。

「そっちの方には、もう座る場所なんてないのよ」

と、他の女房たちからずいぶん嫌《いや》な顔をされたが、

「ちょっと用事があるだけです。また、戻《もど》りますから」

言い訳をしながら、強引に人をかき分け、進んでゆくしかない。すると、

「おや、あれは越後弁《えちごのべん》ではないかな」

不意に、どこかからかうような、それでいて変に重みのある男の声が聞こえてきた。

賢子がはっと顔を上げると、そちらにいたのは何と道長だった。

もう五十にはなっているはずだが、声も顔色も若々しい。鼻の下に蓄《たくわ》えた髭《ひげ》が妙《みょう》に似合っていて、威厳《いげん》を醸《かも》し出すのに一役買っていた。

若い頃《ころ》は、さぞ女房たちに人気があっただろうとうかがわせる容姿なのは、あの頼宗《よりむね》の父親なのだから当たり前か。それに、今日は東宮の供をしてきたせいか、位階に応じた黒の装束を着ているが、昔からずいぶんと装《よそお》いにこだわるおしゃれな人だったらしい。今も手にした扇《おうぎ》は紅葉を散らしたかなり派手なもので、それが不思議によく似合っていた。

「えっ、あの……」

とっさのことで、何と答えていいか分からず茫然《ぼうぜん》としていると、

「左大臣さまよ。知ってるでしょ。早くご返事しないでどうするのよ」

と、近くにいた女房に厳しく注意されてしまった。

「はい。越後弁にございます。失礼つかまつりました」

賢子はその場にひざまずいて挨拶《あいさつ》した。

「うむ。そなたとはいずれ言葉を交わしたいと思うていた。これへ」

道長が閉じた扇を賢子に突《つ》きつけるようにしてから、自分の方へ招くように動かす。

（よりによって、こんな時に！）

歯噛《はが》みしたい気持ちであったが、天皇をも動かす左大臣の命令に背《そむ》くことなどできるはずがない。

賢子は御簾《みす》の奥《おく》の彰子に心を残したまま、仕方なく道長を取り巻く女房たちの輪に近づいていった。

「さ、ここへ」

年輩《ねんぱい》の女房が空けてくれた席に、恐縮した様子で座ると、道長がさっそく声をかけてくる。

「粟田参議《あわたのさんぎ》と宇治《うじ》へ行ったそうだが……」

初っ端《しょぱな》の話題がこのことか！　母の紫式部か、越後《えちご》へ赴《おもむ》いた祖父為時《ためとき》あたりが話題になるだろうと身構えていた賢子は、予想外のことに焦《あせ》ってしまう。が、

「さて、母君はお健やかであったかな」

続けて訊《き》かれたのは、やはり母のことであった。

「は、はい。念願の出家を果たしたせいか、気持ちも明るくなったようでございます」

「さようか。出家は私とてずっと念願してきたこと。紫式部とはそのことで言葉を交わしたこともあった。互《たが》いに俗世《ぞくせ》のしがらみの多いことを嘆《なげ》いたものだが、そうか、式部はついに願いを果たしたのか。私一人が置き去りにされた気分だよ」

よく言ってくれる。一体、誰《だれ》のせいで、母はこの御所《ごしょ》から追い出されたのか。母はまだ皇太后彰子のそばに仕え、彰子を支えようと思っていた。そこへ横やりを入れて、彰子に圧力をかけ、母を追い出したくせに！

あまりに見え透《す》いた言い分に、正直腹が立つのを止められなかったが、道長にそれと気づかれるわけにはいかない。賢子はじっとうつむき、道長とは目を合わせないようにした。

「ところで、近ごろ、数日御所を下がっていたそうだが、どうしていたのだ」

突然、道長は話題を変えた。賢子は身をこわばらせた。もっとも、十二単《じゅうにひとえ》を着こんでいるので、それと悟《さと》られることはなかっただろう。

あの時、御所を下がったのは、彰子の密命を受け、文《ふみ》を中納言隆家《たかいえ》のもとまで届けるためだった。まさか、そのことが道長に知られているとは思えないが。

「いいえ、特に、堤邸《つつみてい》で骨休めをしていただけにございます。やはり、生まれ育った家は落ち着きますので」

「うむ、堤邸は名邸だからな。しかし、御所を下がった翌日あたり、三条の方へ出かけたそうではないか。たまたま見かけた者があって、私に知らせてくれてね。まさか、三条の辺りに恋人《こいびと》でもいるのではあるまいな」

うつむき続けている賢子には道長の顔は見えない。だが、道長は冗談《じょうだん》めかしてしゃべっていたのか、周囲の女房たちの間に、くすくすと笑い声が漏《も》れた。

「左大臣さまのお若いこと。娘《むすめ》といってもおかしくない越後弁に、ご興味がおありとは――」

「何を申すか」

道長も口先だけは笑って言い返している。

「私とて人の親だぞ。粟田参議の気持ちは知っておる。親として、息子が傷つきはしまいかと案じておるのだ。それ、『人の親の心は闇《やみ》にあらねども』と言うではないか」

道長が口にしたのは、子供を思う親心を詠《よ》んだ歌で、昔から今に至るまで深い共感を集めているものだ。


人の親の心は闇にあらねども　子を思ふ道にまどひぬるかな

子を持つ親の心は闇の中をさまようものではないはずだが、我が子を心配するあまり、暗い闇に迷ってしまう――というような意味である。

「おやまあ、うまい言い逃《のが》れをおっしゃいますこと。そういえば、その歌は堤中納言《つつみちゅうなごん》のお歌。越後弁のご先祖に当たられるのよねえ」

女房たちが互《たが》いにうなずき合っているようだ。賢子の実家堤邸を造った堤中納言藤原兼輔《ふじわらのかねすけ》は、確かに賢子の高祖父《こうそふ》（祖父の祖父）に当たる。

「さようさよう。堤中納言の子孫に当たる越後弁が、あの歌の心が分からぬとはまさか言うまい」

「あら、それはご無理でございましょう。越後弁はまだ子供ですもの。この子は紫式部殿《どの》ではありませんのよ、左大臣さま。あまりいじめたりなさいませんように」

「これはしたり。紫式部は何を申しても、手ごたえのある返事をよこしたものだから、つい調子に乗ってしまったようだ」

道長は声を上げて笑っている。女房たちもにぎやかな笑い声を立てている。

だが、道長の目は決して笑ってはいないはずだと、下を向きながら賢子は思っていた。道長は賢子を探るように見据《みす》えながら、こう思っているに違《ちが》いない。

お前は三条にある中納言藤原隆家の邸《やしき》へ何をしに行ったのだ、と——。

道長は油断のならぬ人であった。それと分かっていたのに、彰子も自分も甘《あま》く考えていたのだ。紫式部を追い払った道長は安心しきっており、まだ若い賢子が紫式部の代わりに働いているなど、気づくはずもあるまい、と——。

(私は左大臣さまに見張られていた。私が中納言さまの邸へ行ったのは、皇太后さまのご命令によるものではないかと、左大臣さまは疑っていらっしゃる)

どう返事をすればいいのだろう。隆家の三条邸へ行ったことは認めてしまった方がいいのか。それとも、牛車に乗り降りしたところまで見られたわけではないだろうから、あれは自分ではない、親戚《しんせき》の者だと言い張ってしまった方がよいのか。

いつまでも下を向いてばかりもいられない。一体、どうすれば――。

その時だった。

「ほう。あれが噂《うわさ》の新参女房か」

道長の冷えた声が賢子の耳に届いた。興味深そうに装《よそお》ってはいたものの、本心がそんなところにないことは、火を見るより明らかである。

「なるほど、確かに御匣殿《みくしげどの》に似ておる。そして、亡き皇后さま（定子）にも……な」

道長の声がいっそう冷え冷えとしたものになる。こうなると、さすがに周りの女房たちも下手に相槌《あいづち》を打つわけにもいかず、誰《だれ》も声を出す者はいない。

藤袴が現れたということは、献上《けんじょう》された菓子《かし》の披露《ひろう》がこれから始まるということだ。

（いけない。ここで中納言さまからの菓子が御前《おまえ》に出され、万一にでも間違《まちが》って、東宮さまがお口になさったりすれば――）

大変なことになってしまう。中納言隆家がしたことか、誰かが隆家をはめようとしていることかは分からないが、いずれにしても隆家は失脚《しっきゃく》、菓子を選んだ小馬や運び役の藤袴にさえ害がおよぶかもしれない。

そこまで思い至った時、賢子はもう一つのことしか考えられなくなっていた。

「それをお出ししてはなりませぬ！」

賢子はそう叫《さけ》ぶなり、立ち上がって藤袴の姿を認めると、そちらへ突き進んだ。

御前《おまえ》にいた者たちが何ごとかと顔を上げ、賢子を茫然《ぼうぜん》と見つめている。菓子《かし》をのせた折《お》敷《しき》を手に、しずしずと進んでいた藤袴も、突然のことに驚《おどろ》いたらしく足を止めて賢子を見つめ返した。

「駄目《だめ》よ。それを御前にお出ししては――」

賢子がものすごい形相で進んでくるためか、藤袴は菓子を庇《かば》うように身をひねった。菓子をお出しする役目としては当たり前の動きである。

賢子は必死だった。「中納言隆家卿《きょう》よりまゐる菓子、毒あり」という謎《なぞ》の文《ふみ》、献上《けんじょう》菓子を選んだのが小馬、運ぶのが藤袴という事実。そのすべてが絡《から》み合って、賢子の平常心を奪《うば》っていた。

賢子は藤袴にとびかかると、その折敷の上の菓子を手で弾《はじ》き飛ばしていた。そうしてしまえば、菓子は食べることができなくなる。だが、そこまで考えた上で行動していたというより、ただもう、体が勝手に動くのに任せていたという感じであった。

「御前であるぞ！」

その直後、大音声《だいおんじょう》がその場を揺《ゆ》るがした。賢子は雷《かみなり》に打たれたように、体がしびれ、動けなくなる。

声を放ったのは道長であった。

いつしか一人だけ立ち上がり、まるでこの場を支配する王者のごとき威圧感《いあつかん》を漂《ただよ》わせている。先ほどまで他愛のない話を交わしていた男とは、別人のようであった。

「越後弁よ」

大きな声ではなかったが、鞭打《むちう》つような厳しい声で、道長は賢子を呼んだ。

「御前における、かくも無礼な振《ふ》る舞《ま》い。理由《わけ》をしかと明らかにいたせ」

道長の厳しい命令に、賢子はその場にひざまずいてうなだれるしかなかった。

三

献上品《けんじょうひん》は皇太后彰子《あきこ》や東宮敦成《あつひら》親王へ贈《おく》られたものであるのだから、それを手で叩《たた》き落とすなどというのは、はなはだしい無礼であると言われても仕方なかった。

なぜそんな真似をしたのかということに対しては、

「それをお出しするのは危ういということを、ある筋から聞きおよびましたので」

という、苦しい言い訳を口にするしかなかった。

とにかく「中納言隆家《たかいえ》からの献上品」ということだけは、仮に調べ上げられてしまうにしても、ぎりぎりまで知られないようにしたい。

「それは、つまり毒が入っているというようなことか」

道長の尋問《じんもん》は的確なところを突《つ》いてくる。ここは否定のしようもなく、他の言い訳も思いつかなかったので、賢子《かたこ》は無言でうなずいた。

「そなたはそもそもどうやって、そのことを知ったのだ。誰《だれ》かから聞いたのか。あるいは、文《ふみ》などが届いたのか」

問いかけは続いたが、賢子は文が届いたことは打ち明けたものの、それは燃やしてしまったと嘘《うそ》を吐《つ》いた。

「越後弁《えちごのべん》の持ち物を検《あらた》めさせよ」

との道長の命により、賢子は十二単《じゅうにひとえ》の懐《ふところ》から袖《そで》に至るまで調べられた上、部屋の中も道長の意を受けた女房《にょうぼう》たちにひっかきまわされることになった。

あの文は処分するべきものだと分かっていたが、後ほど彰子に見せることもあろうと考え、いつもの文箱《ふばこ》に入れてきてしまった。雪もそれを見ていたはずである。

もっと人目につかぬところへしまっておくべきであったが、今さら遅《おそ》い。雪が気を回して、どこかへ隠《かく》しておいてくれればよいが……。

やがて、戻《もど》って来た女房たちは、毒入りを予告した文は見つからなかったと告げた。

(ああ、やはり雪は賢《かしこ》い子だわ！)

万一にもあの文が見つかった時、中納言隆家の立場がまずくなることを考え、隠しておいてくれたのだろう。それにしても、女房たちの目に触れぬ場所とは、一体どこへ隠したのか。

この尋問が終わったら、すぐに確かめないといけない。

(でも、その時、私は無事でいられるのかしら)

道長の怒《いか》りのすさまじさを考えると、最後にどうなるか、賢子にも見当がつかなかった。

そうするうち、賢子が弾《はじ》き飛ばした菓子《かし》の毒見が終わり、その結果が報告された。人に食べさせるのは危険だというので、今回は御所《ごしょ》に住み着いている野良犬に食べさせることになったらしい。

「菓子を食べた犬に、異常はまったく見られませんでした」

食べてから少し間を置いて、体に回るという毒もあるが、十分な時を計って調べたのでもう大丈夫《だいじょうぶ》だという。

それを聞いて、賢子はようやくほっと安堵《あんど》の息を吐《つ》いた。

これで取りあえず、毒入り云々《うんぬん》はまったくの偽《いつわ》りごとだと分かった。騒《さわ》ぎ立てた賢子ははた迷惑《めいわく》な愚《おろ》か者ということになるが、そのくらいは仕方がない。

それに対する罰《ばつ》は、東宮への非礼となるので決して軽くはないかもしれないが、甘《あま》んじて受ける覚悟《かくご》はしていた。

御前《おまえ》に留《と》め置かれ、賢子への尋問を黙《だま》って見ていた女房たちの間にも、緊張《きんちょう》の解《と》けてゆく気配が流れた。そして、何より、それまで黙って成り行きを見守っていた彰子が、

「それでは、越後弁への取り調べはこれで終わりといたしましょう」

と、御簾《みす》の中から言ってくれたのである。

「父上にはご面倒《めんどう》をおかけいたしましたが、すべてはこの御所にて起こったこと。あとは、わたくしがしかと処分いたしますゆえ、このことはもう取り沙汰《ざた》なさいませぬように」

道長にもそうやんわりととりなしてくれた。だが、

「いいえ、皇太后さま」

道長は重々しい声で、彰子の言葉をしりぞけた。

「失礼ですが、この御所は女房の監督《かんとく》が行き届いておらぬようでございますな」

言葉遣《づか》いこそ丁重であったが、彰子への非難を隠《かく》そうともしていない。

「先日も、この御所に長く仕《つか》えていた因幡《いなば》が辞《や》めたと聞きましたぞ。あのような古い女房がいてこそ、若い者たちの歯止めになるというもの。あの者を辞めさせた皇太后さまのご了見が、私には分かりませぬな」

道長の口から突然、飛び出してきた因幡の話に、賢子は身をこわばらせた。

（左大臣さまは因幡さまを庇《かば》っていらっしゃる？）

ただ単に昔からよく知る古い馴染《なじ》みだからか。あるいは――。だが、賢子の中に浮《う》かんだ疑念がきちんとした形になる前に、道長の言葉は続けられた。

「東宮さまの御前《おまえ》で非礼を働く女房がいれば、毒だの何だのといたずらに御所内をかき回

す輩《やから》がいる。これがただの悪戯《いたずら》だとしても、無論、許されることではありませぬが、この件はもう少し念入りに調べる必要がありますな。献上菓子《けんじょうがし》は御前に出されなかったものも含《ふく》めて、すべて検《あらた》めなさいませ。毒入りのことが漏《も》れて、慌《あわ》てて差し替《か》えたということもあり得ますぞ」

「さように疑い始めたらきりがありますまいが、献上品についてはそのように取り計らいましょう」

彰子が少し不快さの滲《にじ》んだ声で応じた。それに気づかぬわけでもなかろうが、道長はまったく気にせぬ様子で先を続ける。

「それから、御前に菓子を運んだ女房、藤袴と申しましたか。その者が毒の一件に関わっている恐れもございます。この者は禁足《きんそく》（外出の禁止）を命じた上、よくよく取り調べるのがよろしゅうございましょう」

「毒が出てきたわけでもないのに、取り調べるなど……」

彰子は拒絶《きょぜつ》しかけたが、

「そこなる女房は何ともはや、亡き人に似ているようでございますな。あの者を見た古い女房たちは、この御所に不吉なことが起こると脅《おび》えていたそうではありませぬか」

と、道長は押《お》し被《かぶ》せるように言った。

「年を取れば、迷信などを恐れる気持ちも増すのではありませぬか」

彰子はまともに取り合うそぶりも見せない。

「私とて、まさか亡き人がよみがえったなどと思うわけではありませぬ。されど、不吉だなどと言われる者がおそばにいるというだけで、私は不愉快《ふゆかい》でございますぞ。私だけではありませぬ。ご懐妊《かいにん》中のお妹君、中宮さまの御事《おんこと》もお考えくださいませ」

彰子の妹である妍子《きよこ》は、三条天皇の中宮となっており、今、懐妊中であった。出産の折に、物《もの》の怪《け》に取り憑《つ》かれるという話はよく聞かれることであり、妊婦《にんぷ》が命を落とすこともよくある。

万一にも妍子の身に何かあれば、物の怪の正体が取り沙汰《ざた》されることになろう。その折、道長一家を恨《うら》んでいるに違《ちが》いない、中関白家《なかのかんぱくけ》の名の挙がることは十分に考えられた。

――これは、御匣殿《みくしげどの》の祟《たた》りでございますぞ。

祈禱僧《きとうそう》や陰陽師《おんみょうじ》などが仮にそう告げた場合、どのような事態になるか。

――皇太后さまのおそばに仕《つか》える藤袴《ふじばかま》という女房は、御匣殿に取り憑《つ》かれておる。

――御匣殿に操られた藤袴が、中宮さまを呪《のろ》ったに相違《そうい》あるまい。

宮中でも彰子の御所でもそんな声が吹《ふ》き荒《あ》れることであろう。藤袴が不吉だという噂《うわさ》が流れたのは、誰もが無自覚のうちにそうした未来を恐れていたからかもしれない。

皇子《みこ》誕生は道長一人でなく、道長一家の悲願であるが、それ以前に何事もなく妍子に出産を乗り越《こ》えてほしい――彰子が姉として、妹の無事や幸福を願うのも当たり前であった。

姸子のことを口にされると、彰子も何も言い返せなくなる。

彰子を黙《だま》らせると、道長はさらに言葉を継《つ》いだ。

「御前《おまえ》に供《きょう》する菓子《かし》を選んだ女房、その者も取り調べる必要がありますな」

彰子の沈黙《ちんもく》をどうとらえたのか、道長はこの場を取り仕切る権限を与《あた》えられたものと解《かい》釈《しゃく》したらしい。

「先の菓子を選んだのは、誰《だれ》ぞ」

と、その場に控《ひか》えている女房たちの群れへ、厳しい眼差しを向けた。

取り調べられるのは賢子と藤袴であり、自分たちは蚊帳《かや》の外という顔をしていた女房たちが、急にそわそわと浮《う》き足立つ。誰の役目だったのかと、女房たちは互《たが》いの顔を探るようにうかがい始めた。

その中で、小馬だけが蒼白《そうはく》な顔をして、唇《くちびる》を震《ふる》わせている。

「左大臣殿《どの》」

突然、御簾《みす》の中から、彰子の落ち着いた、だが、鋭《するど》い声が放たれた。

それまで「父上」と呼んでいた道長のことを「左大臣殿」と他人行儀《ぎょうぎ》に呼んでいる。それは、皇室に身を置く皇太后が臣下の者を名指しする時の呼び方であった。

「この御所のことは、わたくしが処置をすると申し上げたではありませんか。菓子を選んだ者もわたくしが調べますゆえ、今日のところはどうぞお引き取りを」

道長に帰れと言ったのである。

道長は御簾《みす》に顔を向けた。その表情にはどんな感情も浮《う》かんでおらず、ひどく冷え冷えとしたものだった。

「左大臣殿《どの》がお声を荒《あら》らげるので、東宮さまが脅《おび》えておられます。東宮さまの御前《おまえ》で、女房たちを厳しく問い詰めるのは控《ひか》えていただきましょう」

道長が返事をしないので、彰子はさらに言った。すると、道長の口もとにゆっくりと冷笑が浮かび上がった。

「ならば、皇太后さまこそ東宮さまを奥《おく》へお連れになるべきでしょうな」

道長はゆっくりと言い放った。

「お母上として、ぜひともそうせねばなりますまい。取り調べなどという物騒《ぶっそう》なことは、すべてこの父に任せてくだされればよろしいのです」

御簾を挟《はさ》んでの父娘《おやこ》の対峙《たいじ》――。

一条天皇の崩御《ほうぎょ》を境に、この父と娘《むすめ》の仲が以前のように睦《むつ》まじいものでなくなりつつあったことは、御所に仕《つか》える女房ならば誰《だれ》もが察していたことであった。

だが、それが表に出ることは、これまではなかった。誰もがそれとなく気づいてはいたが、そのことを認めるのを避《さ》け、あえて目を背《そむ》け続けてきたこと――それが今、表面化したのである。

その場に控《ひか》えていた女房たちは皆《みな》、凍《こお》りついたようになっていた。

四

彰子《あきこ》は東宮についてきた乳母《めのと》や女房《にょうぼう》たちに命じて、敦成《あつひら》親王を別の場所へ連れ出させた。

だが、自身は道長の勧《すす》めに従うことなく、その場に残った。

もはや道長も彰子にその場を離《はな》れろとは言わず、勝手に事を進めた。

「それでは、今一度問うこととといたす。隠《かく》し立てしたところですぐに明らかになるゆえ、自ら名乗り出た方がよいことくらい、賢《かしこ》いそなたらには分かるであろう。さて、先の菓子《かし》を運ぶ手配をしたのは誰《だれ》か」

道長の鋭《するど》い眼差しが再び、居並ぶ女房たちの方へと向けられた。自分が当事者でなくとも、その眼差しに耐《た》えられる者はそう多くはない。皆《みな》、うつむいてしまい、気まずい沈黙《ちんもく》が訪れる。それを破《やぶ》って、

「……私でございます」

ただ一人顔を上げ、震《ふる》える声で答えたのは、すっかり蒼《あお》ざめた顔の小馬《こま》であった。

「さようか。そなたは藤原棟世《ふじわらのむねよ》の娘《むすめ》小馬じゃな。古参《こさん》の者ゆえ、すぐに疑ったりはせぬ。

正直に答えよ」

道長が落ち着いた声で言った。

小馬の出自を知っているということは、その継母《けいぼ》が清少納言であることも知っているということである。

「……はい」

小馬は緊張《きんちょう》した面持ちでうなずいた。

「そなたが選んだのは、どちらからの献上品《けんじょうひん》か」

「そ、それは……」

小馬が言いよどんだ。毒入りを疑われた菓子《かし》ゆえ、名を出すのを躊躇《ためら》うのは道理である。

だが、この場で躊躇えば躊躇うほど、小馬の立場は悪くなるのだった。

「いかがした。よもや、どちらからの献上品か調べもせず、御前《おまえ》にお出ししたわけではあるまい」

道長の声に凄《すご》みが加わる。小馬は覚悟《かくご》を決めたように目を伏《ふ》せると、

「……中納言、藤原隆家卿《たかいえきょう》よりの献上品でございます」

と、やや低い声で答えた。

「ほう、中納言の、な」

自らの甥《おい》であり、かつて権力を競い合った中関白家《なかのかんぱく》の男であり、その落ちぶれかかった

中関白家をかろうじて支えている男のことを、道長がどう思っているのか。その含《ふく》みのある声と態度から、完全に読み取ることは難しかった。

「何ゆえ、中納言の菓子を選んだ」

「それは、献上《けんじょう》された菓子の中で、最も位の高いお方のものをお出しするという慣例《かんれい》にならったからでございます。大臣家や大納言家からの献上品は、直《じか》に東宮さまの御所の方へ届けられたとのことでしたので、こちらに届いた中で、最もご身分の高いお方が中納言さまで……」

「なるほど、それは理に適《かな》っている」

道長は手にしていた扇《おうぎ》で、膝《ひざ》をとんとんと叩《たた》きながら言った。それから、扇の動きを止めると、不意に賢子の方に目を向けた。

「越後弁《えちごのべん》に一つ訊《き》きたい。毒入りを告げる文には、『中納言からの献上品に毒が入っている』と書かれていたのではないか」

すでに自分への尋問《じんもん》は終わったものと感じていた賢子は飛び上がった。

「い、いいえ、それはありませぬ。ただ献上の品とだけ——」

「ならば、数多くの献上品の中で、御前にお出しする品が毒入りの見込《みこ》みなどわずかであろう。そなたはどの菓子か分からぬのに、御前で大騒《さわ》ぎしたというわけか」

「ただ献上品を御前に出してはならないと、そればかりを考えておりましたので……」

「なるほど、分からぬではないが、浅はかではあるな」

そう言われると、返事のしようもない。

「父上。もうよろしいでしょう」

その時、彰子が助け舟《ぶね》を出してくれた。

「毒は入っていなかったのです。そして、菓子《かし》を選んだ小馬のやり方に不明な点はない。もちろん、中納言は巻き込まれただけで、罪などありませぬ。この件はこれで終わりにしようではありませんか」

「いいえ、皇太后さま。中納言については昔の軽率な失態もございます。今一度、その身辺を検《あらた》める必要があるのではございませぬか」

「何を検めるとおっしゃるのです。よもや、中納言がわたくしの御所へ毒入りの菓子を贈《おく》ったなどと、本気で考えておられるのですか」

いつもよりやや甲高《かんだか》い声で、彰子が言った。

道長が言えば、白いものも黒となる――そういうことがこれまでにもなかったわけではない。彰子は、中納言隆家に火の粉の降りかかることを恐《おそ》れていた。

この一件では、間違《まちが》いなく白である中納言隆家だが、道長に隠《かく》れて彰子と手を結ぼうとしている点で、完全な白ではない。

（そのことを知っているのは、私だけ――）

賢子には彰子の焦《あせ》りが分かった。

同時に、これまでまったく見落としていたことに気づき、恐怖《きょうふ》を覚えた。

(もしかしたら、左大臣さまは皇太后さまと中納言さまのつながりに気づいていらっしゃるのでは——?)

そうだとしたら、毒入り云々《うんぬん》の真実など、道長にとってどうでもいいことなのだ。ただこの一件を利用して、隆家を彰子から引き離《はな》し、場合によっては失脚《しっきゃく》させようとしている。

そういえば、道長は賢子が御所を出て、三条へ行ったことにこだわっていたではないか。

「さて。中納言と申せば、小馬は中納言の姉に仕えていた女房の娘《むすめ》でございましたな」

道長は彰子のいる御簾《みす》へじっと目を向け、ゆっくりと言い放った。

隆家の姉定子《さだこ》に仕えていた清少納言のことを、あえてここで口にしたのである。

「中納言の姉だなどと——。亡き皇后さまに対して、何という無礼な言いようをなさるのですか!」

彰子は震《ふる》える声で父を非難した。が、道長は歯牙《しが》にもかけぬ様子で言葉を継《つ》いだ。

「そして、ここには中納言の妹、御匣殿《みくしげどの》によく似た女房《にょうぼう》がいる。これは、たまたまで済ませてよい話ですかな」

「何がおっしゃりたいのですか」

「この二人を御所からお出しになるのがよいと、こう申し上げたのですが、お分かりになりませんでしたか」

小馬と藤袴《ふじばかま》の追放――という言葉に、息を呑《の》む女房たちは大勢いた。だが、道長に異を唱える者はいない。

しかし、彰子だけは違《ちが》った。

「毒も出てこないというのに、この二人を御所から出すなどとんでもないこと。断じて認めませぬ」

女房たちを守り、道長にきっぱりと言い返したのである。

「ならば、いたし方なし」

意外なことに、道長はあっさりと引き下がった。かに見えた直後、

「とすれば、この度《たび》の失態はただ一人、越後弁に責めを負ってもらわねばなりますまい」

道長はおもむろに、口もとには笑みさえ浮《う》かべて、平然とそう言い放ったのである。

「何もないところで騒《さわ》ぎ立て、あまつさえ東宮さまに非礼を働いたのですからな」

「その処分については、わたくしがいたします。父上がお心をわずらわせることではありませぬ」

「御所を追放――で、いかがですか、皇太后さま」

道長がさらに告げた。

（えっ、私が追放――？）

一瞬、賢子は道長の言葉が呑み込《こ》めなかった。事態の深刻さが確《しか》とは分からなかった。分かったのは、

「追放、ですと?」

彰子の怪訝《けげん》な、しかし、焦《あせ》りを交えた声を聞いた時であった。

(皇太后さまも気づかれたのだ。左大臣さまは初めから、私を追い出そうとしておられたのだということを)

発端《ほったん》は、賢子が隆家の邸《やしき》へ行ったという情報をつかんだことだろう。

それで、道長は気づいたのだ。賢子が紫式部の代わりに、反道長の勢力を集める彰子の手伝いをしていることに――。

「追放は行き過ぎでしょう。越後弁はよく勤めておりますし、母親の功績も無視はできますまい。ゆえに、しばらく謹慎《きんしん》させた後、また働いてもらいます」

彰子が有無を言わせぬ口ぶりで言ったが、道長は退《ひ》かなかった。

「確かに、紫式部の功績は大きい。しかし、娘《むすめ》の方は母親に似ぬ浅はかさではありませぬか。承服できませぬな」

彰子は口をつぐんだまま、返事をしない。御簾《みす》の奥《おく》は深刻な沈黙《ちんもく》に満ちていた。彰子の怒《いか》りと不機嫌《ふきげん》さを表す沈黙であったが、道長もまた、自分の言葉を取り下げる気はないようである。

（このままでは、私は本当にこの御所を追い出されてしまう……。ああ、お母さま！）

どうしたらいいのだろう。母から大事な仕事を引き継《つ》ぎ、主《あるじ》である皇太后彰子を助けようと心の底から思っていたというのに——。

だが、当事者の賢子がこの場で口を開くことはできない。ただ、上の決定に従うしかできぬ身である。

その時であった。

「皇太后さまにお願い申し上げます」

少し鼻にかかったような甘《あま》い声が、女房たちの一か所から上がった。並み居る者たちの眼差しを一身に集めたのは小式部《こしきぶ》であった。

皆《みな》の注目の的になったところで、小式部に怖気《おじけ》づく気配などまったくない。それどころか、むしろ得意げな様子で、小式部は堂々と続けた。

「越後弁は浅はかな者でございますが、先ほどの許されざるご無礼はひとえに忠誠心によるもの。それが明らかになったわけでございますし、どうぞ御所からの追放はお許しくださいますよう」

「わ、わたくしからもお願い申し上げます。越後弁は少し抜《ぬ》けているところがございますが、それも一途《いちず》な生真面目さゆえのこと。一つのことを思い詰《つ》めると、他の大事なことが抜け落ちてしまうのです。ですが、その一途さが今後、皇太后さまのお役に立つこともあろうかと存じます」

まるで小式部に負けまいとするかのように、進み出て申し述べたのは良子《よしこ》であった。昂奮《こうふん》と緊張《きんちょう》のせいで、全身が小刻みに震《ふる》えている。その良子を横から眺《なが》めて、小式部は余裕《よゆう》のある笑みを浮《う》かべた。

（あなたもなかなかやるじゃないの。ただの腰抜《こしぬ》けではなかったのね）

（あなたにだけは負けられないのよ）

良子は小式部を睨《にら》み返している。

（浅はかで、抜けているって、よくも言ってくれるわ。あの人たちに言われると、こんな時でも腹が立つ）

賢子は二人の様子を見ながら、心の中で文句を言った。

だが、ありがたい――心の底からそう思った。冷え切った体の中が温かいもので満たされてゆく心地がする。

その時、それまで沈黙《ちんもく》していた御簾《みす》の奥《おく》の彰子が、再び口を開いた。

「この者たちの母は、和泉《いずみ》式部と修理典侍《すりのすけ》。わたくしが未熟で、右も左も分からぬ若い頃《ころ》から、私に仕え支えてくれた者たちです。いえ、越後弁の母紫式部とてその一人。たとえ越後弁にいかなる過失があろうとも、その母に免じて許してやらねばなりませぬ」

彰子が堂々と言い切るのを、道長は黙《だま》って待っていた。

彰子も彰子に仕える女房たちも、賢子を許してほしいと言い、座の中で道長の味方は一人もいないという状況にありながら、その顔には少しの動揺《どうよう》も無念さも見られなかった。

「皇太后さまは寛容《かんよう》に過ぎる」

道長はさも残念でならぬというように呟《つぶや》いた。語尾にはもはや敬語さえ使っていない。

「そうして甘《あま》やかしておればこそ、御所の風紀が乱れるのですぞ。いや、これが皇太后さまだけの前で働いた無礼なら許してもよいでしょう。されど、この度のことは東宮さまに対する無礼。まして、この道長の目の前で行われたこと。これを見過ごしては、私の立場にも関わります」

道長の声にこれまで以上の威圧《いあつ》が加えられた。

「中納言の身辺を検《あらた》め、菓子《かし》に関わった二人の女房を追放するか。あるいは、東宮さまに無礼を働いた越後弁を追放するか。いずれかの処分がなされなければ、承服できませぬな」

選べるのは、二つに一つだと言っているのだ。

だが、それは彰子に選べるようなことではない。

この時になって、うつむいていた小馬はようやく顔を上げた。

誰《だれ》かが犠牲《ぎせい》にならなければいけないのなら、自分がなろう――そう思ったのである。

道長の示した条件には合わないが、自分が去ることで許してもらおう。藤袴は無論、賢子とて御所へ来て間もないのだ。

宮仕えは苦しい時もあるが、やりがいもある。何より与《あた》えられた役目を果たし、人から認めてもらえるという、邸《やしき》に引きこもっていては絶対味わえない喜びを感じられる。賢子にも藤袴にもこれから先、それを味わってもらいたい、と小馬は思った。

そして、いよいよ覚悟《かくご》を決めて、進み出ようとした時——。

それより一瞬《いっしゅん》早く、小馬は何者かに腕《うで》をつかまれ、後ろへ強く引かれた。入れ替《か》わるように、小馬の横をすり抜《ぬ》けて、前に身を乗り出した者がいた。

「越後弁殿を追放してはなりませぬ」

進み出て、よく通る声を放ったのは藤袴であった。

「この御所で処分されねばならぬ者は、ただわたくし一人でございます。なぜなら、わたくしの後見《うしろみ》は中納言隆家卿《きょう》だからでございます」

藤袴は道長にしっかりと目を向けて告げた。

その堂々とした態度は、少しも道長を恐《おそ》れていなかった。また、この御所の女房ならば、誰でも自然と抱《いだ》いてしまう道長への遠慮《えんりょ》というものを、まったく感じさせなかった。

そんな藤袴に、道長は誰《だれ》かの面差しを重ねたのか、一瞬《いっしゅん》、怯《ひる》んだ表情を見せた。だが、強い意志の力でそれをねじ伏《ふ》せると、無表情の奥《おく》に隠《かく》してしまったので、それに気づいた者は一人もいなかった。

「後見が中納言さまですって？」

女房たちは藤袴の放った言葉に動揺《どうよう》し、その間からはいくつもの不審《ふしん》なささやき声が漏《も》れた。

「だって、藤袴殿《どの》は亡き大納言源時中卿《ときなかきょう》の娘《むすめ》なのでしょう。だったら、大納言家がそのお世話をするはず」

「じゃあ、何なの。そもそも時中卿の娘ってことが、偽《いつわ》りだったというわけ？」

賢子は藤袴が時中の娘でないことまでは知っていたが、その後見が隆家だということは知らなかった。賢子自身も驚《おどろ》きを隠せなかったが、道長は無表情のまま、じっと藤袴を見返すばかりであった。

「ほう。よもや出自を偽って、この御所へ入り込《こ》んだというわけではあるまいな」

道長の声が低く不穏《ふおん》なものとなる。それでいて、その声には追い詰《つ》められた若い娘が、どんな言い訳をするのかと、その反応を楽しんでいるような響《ひび》きもあった。

この問いかけに対して、藤袴は一体どう答えるのか。

偽っていたのは事実だが、それには彰子や紫式部、ひいては時中の子息朝任《あさとう》までが関与《かんよ》している。それが公《おおやけ》になれば、藤袴が無事で済まないばかりでなく、さまざまな人々を巻き込むことになるだろう。

だが、藤袴は決して動じなかった。道長を相手に堂々と口を開いた。

「そういうことではありませぬ。ただ、わたくしは大納言家とは関わりなく育ちましたので、今さら面倒《めんどう》を見ることはできぬと、援助《えんじょ》のいっさいを断られたのでございます。その時、皆《みな》さまが憶測《おくそく》なさっているように、わたくしが妹君の御匣殿《みくしげどの》に似ていたせいか、中納言さまがわたくしの世話を申し出てくださいました。そして、御所へ上がる折も面倒を見てくださったのでございます」

「ほう。中納言が不幸にして早死にした妹を偲《しの》び、そなたの面倒をな。兄弟姉妹の多くを亡くした中納言の心を思えば、その気持ちは分からぬでもない」

道長はまったく同情のこもらぬ声で言った。

「父上、そのことについては、それ以上、口を挟《はさ》まれますな。藤袴の事情については、無論、わたくしも存じていたこと。後見《うしろみ》の件については、外へ漏《も》らさぬよう、わたくしから藤袴に命じました。ただでさえ誰《だれ》それに似ると言われる藤袴が、中納言を後見にしていると分かれば、御所の内が混乱すると思ったゆえのことでございます」

彰子が藤袴を庇《かば》うように割って入った。

「なるほど。そのご判断は賢明《けんめい》と申せましょうな」

道長は納得したようなうなずきは見せたものの、これで引き下がる気などまるでなさそうである。藤袴はさらに道長に向かって言葉を継《つ》いだ。

「中納言さまの世話を受けた者として、あえて申し上げます。中納言さまがこちらの御所に害意を抱《いだ》き、毒入りのお品を献上《けんじょう》するなど断じてあり得ませぬ。それだけは、わたくしの命を賭《と》して申し上げます。お疑いであれば、まだ犬に毒見させていない菓子《かし》の残りをすべて、わたくしが毒見いたしましょう」

藤袴の声は震《ふる》えることもなく、また昂奮《こうふん》ゆえに甲高《かんだか》くなることもなく、凛《りん》として涼《すず》やかであった。その声で、藤袴はさらに言葉を継《つ》いだ。

「越後弁殿《どの》はただ何者かの意図で、この一件の中心になるよう仕向けられただけのこと。また、小馬殿とて、お役目に従って菓子を選んだだけであり、そこに非はまったくございません。御所内をかき乱した責めを負って、わたくしが御所を出てまいりますゆえ、越後弁殿と小馬殿に責めを負わせることはなさいませんよう」

藤袴が口を閉ざした時、道長の口もとには勝ち誇《ほこ》ったような笑みが浮《う》かんでいた。

「確かに、この騒動は誰かが責めを負わねばならぬ。ゆえに、そなたがこれより去るのであれば、私もこの一件は不問といたそう。中納言および女房小馬、越後弁に責めを負わせることはせぬ」

道長は藤袴の——御匣殿《みくしげ》に、そして皇后定子に似た顔を、しかと見据《す》えながら言った。

「お待ちなさい。こたびの件、藤袴にとて罪はない。後見《うしろみ》の件については——」

「いいえ、皇太后さま」

彰子が次の言葉を続けるより早く、藤袴が押《お》し被《かぶ》せるようにして言った。皇太后の言葉を遮《さえぎ》るなど、無礼極まりないことであったが、彰子はそれをとがめなかった。道長でさえ何も言わなかった。

誰《だれ》も何も言えぬくらい、藤袴の語気は強く、そして、その表情は威厳《いげん》に満ちてさえいたのである。

「誰かが責めを負わねばならぬのであれば、それはわたくしでなければなりませぬ」

第五章　恋《こい》する文月

一

さんざんな形で終わった、今年の夏越《なごし》の祓《はらえ》――。

東宮敦成《あつひら》親王も道長もすでに去った皇太后の御所《ごしょ》では、賢子《かたこ》と藤袴《ふじばかま》だけが彰子《あきこ》の御簾《みす》の内へ通され、他の者はすべて引き取るように命じられていた。

彰子はまず、隠《かく》していることはないのか、と静かな声で賢子に問うた。

「私のもとに届いた毒入りを告げる文の内容で、実は一つ申し上げなかったことがございます」

もともと彰子にだけは真実を話すつもりだった賢子は、正直に告げた。

「それは、毒入りの菓子は中納言からの献上品《けんじょうひん》だということか」

賢子が告げる前に、彰子は自らそう切り出した。

「さようにございます」

「やはり……」

彰子はおもむろにうなずくと、その文は本当に処分したのかとさらに尋《たず》ねた。

それについては、自分は処分していないので、部屋の中から出て来なかったのなら女童《めのわらわ》が処分したか隠《かく》したはずだと、賢子は答えた。

「では、そなたはまず、それを女童に確かめてまいれ」

文が残っていたら持参するようにと、彰子は言い、賢子の身を解き放ってくれた。

それで、賢子はいったん自分の部屋へ戻った。

「姫《ひめ》さまっ！」

雪が泣き出しそうな顔で飛び出してくる。賢子の袖《そで》にすがりつく雪を見て、怖《こわ》い目に遭《あ》わせてしまったのだと、賢子は雪が不憫《ふびん》になった。賢《かしこ》いとはいえ、まだ十一歳《さい》の少女なのだ。

「文を探しに女房《にょうぼう》たちが来たでしょう？　うまく隠してくれたのね。よくやってくれたわ」

賢子はまず雪をねぎらった。雪は顔を上げると嬉《うれ》しげに微笑《ほほえ》んだ。

「もしあの文が誰《だれ》かに見られてしまったら、中納言さまのお立場に関わることだと思いまして」

「そのとおりよ。私だって、中納言さまのお名前は皇太后さまにしかお聞かせしないいつもりだった。それで、あの文《ふみ》はどうしたの？」

「あるお方に預けました。たまたま姫さまのお局《つぼね》を訪ねてこられましたので」

「人に預けた？　その方は信用できるの？」

賢子は急に不安になって尋《たず》ねた。

「北の方さまのご一族を売ることはなさらないと思います」

雪の言葉に、どきんと胸が高鳴る。

中納言隆家《たかいえ》の縁者を、正妻としている男といえば――。

「まさか。頼宗《よりむね》さま？」

「はい。この一件で信用できるのは、あの方しか思いつきませんでした」

確かに、この御所に出入りする者の中で、中納言隆家の味方になってくれそうな人物といえば頼宗一人であった。

あのような事態になったので、御前《おまえ》には現れなかったが、頼宗も今日、御所に参上していたのだ。

「頼宗さまは今、どこに――？」

賢子は胸が苦しくなるのを覚えながら尋ねた。すると、雪が答えるより早く、

「ここにおりますよ」

という懐《なつ》かしい声が、部屋の外から聞こえてきた。賢子は振《ふ》り返ると、戸口に駆《か》け寄り

戸を開ける。

そこには、夕暮れの蒼《あお》く沈んだ薄闇《うすやみ》の中、庇《ひさし》につられた灯籠《とうろう》の明かりを受けて立つ美しい男がいた。

「いつから、そこに——?」

驚《おどろ》いて問う賢子に向かって、頼宗は今光君《いまひかるきみ》と呼ばれるにふさわしい笑顔を浮《う》かべた。

「先ほどから。私は少し遅《おく》れて参上したのですが、そうしたら、大変なことになっていた。越後弁殿《えちごのべんどの》の女童《めのわらわ》からとんでもないものを預かってしまい、あなたの身も心配で、帰るに帰れなかったのです」

頼宗はそう言って、懐《ふところ》から四角く折り畳《たた》まれた紙を取り出した。

「これを取りにいらしたのでしょう?」

「はい。皇太后さまにお渡しせねばなりませぬ。でも、ご安心くださいませ。北の方さまのご一族に難が及《およ》ぶことはございませんから」

頼宗が文を預かってくれた根本の理由を思い出し、賢子はそう告げた。北の方という言葉を口にした時、ずきんと胸が痛んだことなど、おくびにも出さず平然と——。

「そうであってもらわねばならぬ。私の妻は幼い頃《ころ》、父と叔父《おじ》の流罪《るざい》という憂《う》き目を見た。今になってまた、叔父上の身に何かあるなど、とても耐《た》えられないだろうからね」

頼宗は厳しい表情で告げた。日頃の優美な表情とは違《ちが》うその顔つきからは、妻を持った男の重々しさが感じられた。

（この方はお変わりになった……）

そして、北の方をとても大切に思っているのだ。

ただ、その態度は前に良子《よしこ》から聞いた話とは別人のように違っている。頼宗は北の方を迎《むか》えた後もなお、藤袴に興味を示し、浅ましい口説《くど》き方をしていたというが……。

そう、その証拠《しょうこ》ならば、賢子も見たのだ。藤袴に贈《おく》られた、情熱のこもったすばらしい歌を――。

「皇太后さまの御前《おまえ》へ戻《もど》るのでしょう。そこまで、私が送って行こう」

頼宗はそう告げて、賢子に手を差し出した。ほとんど吸い寄せられるように、賢子は手を差し出し、頼宗に支えられて立ち上がる。

そのまま二人で渡殿《わたどの》を伝い、皇太后の御前へ向かった。足もとがふわふわと浮《うわ》ついているように感じられるのは、暗いせいばかりではないだろう。

頼宗に手を取られたまま、無言で歩き続けて行く。それは、このまま空にまでも駆《か》け上ってしまいそうな夢のひと時であった。だが、それに浸《ひた》ってしまえば、後できっと悔《く》やむことになる。それが怖《こわ》くて、賢子は口を開いた。

「中納言さまの御身《おんみ》は何事もないと存じます。左大臣さまもそうお約束なさいましたから。でも、藤袴殿が……あの人は中納言さまが自分の後見《うしろみ》だと打ち明けて、御所を去ることに

――」

「そのようですね。先ほどの騒動《そうどう》については、私も聞きました」

頼宗は落ち着いた声で応じる。その様子は決して、藤袴に夢中である男のものとは見えなかった。

「ずいぶん淡々《たんたん》としていらっしゃるのですね。藤袴殿にご執心《しゅうしん》と伺《うかが》いましたが……」

賢子が頼宗を見上げ、不審《ふしん》な目を向けると、

「ああ、あれですか。あれは、藤袴に私を信用させて、正体を探ろうとしたまでですよ」

頼宗はあっさり答えた。

「藤袴殿の正体――？」

もしや、頼宗は藤袴が時中《ときなか》の娘《むすめ》でないことを知っているのだろうか。

先ほど、道長から問われた際も、藤袴はそのことは打ち明けていない。あくまでも自分は時中の娘だが、その一族の世話を受けていない、と言ったまでだ。道長もそこのところは疑っていない様子だったが。

「私は今も疑っておりますよ。あの女房は故大納言時中卿《きょう》の本当の娘なのか、とね」

頼宗の声はかなり確信に満ちて聞こえた。

「では、藤袴は誰《だれ》の娘だとお思いなのですか」

そのことは賢子も知らない。藤袴が訊《き》かないでほしいと言うので、あえて尋《たず》ねることは

しなかったが、疑問そのものは胸にくすぶり続けている。

そして、今日の藤袴の告白。

隆家が亡き妹に似ている藤袴の世話を引き受けたという話は、理に適《かな》っている。藤袴の顔を見れば、隆家がそういう気持ちになっても不思議はない。だが、そもそも、隆家はどうやって藤袴のことを知ったのか。赤の他人の娘の顔を見る機会など、ふつうはないはずだが。

「藤袴は亡き御匣殿《みくしげどの》に似ていると誰もが言います。しかし、本当に似ているかどうか、御匣殿を知らぬ私には分かりません。ただし――」

頼宗はそこまで言うと、いったん口を閉ざした。少し間を置いてから、

「私のよく知る別の者に、たいそうよく似ていたのですよ」

と、一気に続けた。

「えっ、誰と――?」

「私の妻と――です」

頼宗は言い、足を止めて賢子をじっと見下ろした。

「私の妻には周子《ちかこ》という妹がいますが、その実の妹よりも藤袴の方が似ている。これは怪《あや》しむでしょう」

藤袴は本当に美しい。

妬《ねた》ましいという気持ちを起こさせないくらい、並外れた美少女だと、賢子は認めることができた。その藤袴に似ているという頼宗の妻――身分といい美貌《びぼう》といい、とうてい太刀《たち》打《う》ちできる人ではないと思う。

分かっていたことだ。太刀打ちしようなどと思うさえ、おこがましい。

それでも、賢子の胸はずきずきと痛んだ。頼宗が藤袴に興味を持ったと聞かされた時の落ち込《こ》みとは、比べものにならない痛みであった。

「では、藤袴殿に想いを懸《か》けておられたわけではないのですね」

「あの顔は見飽《みあ》きていますからね。それはありません」

「見飽きた、だなんて。まだ飽きてもいらっしゃらないくせに」

「そうですね。言い方が間違《まちが》っていた。飽きてはいない。そして、飽きることもあってはならないと思っています」

頼宗はきっぱりと言う。

むしろ、頼宗が妻を大事にしない不誠実な男で、藤袴に興味を持ったのも本当だったならよかったかもしれない。それなら、その程度の男だったのだと思い、そんな男に恋《こい》をした自分を愚《おろ》かだったと思うことができたのだから。多少は落ち込《こ》んでも、必ず立ち直り、別の人に目を向けることもできただろうに……。

「私は、あなたがこの御所に残れてよかったと思っています。藤袴には気の毒だが、皇太后さまのおそばには、やはりあなたにいてほしい」

頼宗は真剣《しんけん》な眼差しで言い、賢子をじっと見つめた。それから、再び賢子の手を引いて、ゆっくりと歩き出した。

「越後弁殿《どの》、私はいつでもあなたの味方ですよ。たとえ誰《だれ》があなたの敵になろうと、それが私の身内であろうとも、私はいつまでもあなたの味方であり続けます」

たとえ父の道長が相手であっても、賢子を守ると言ってくれているのだ。恋《こい》しいと言われたのではないが、そう言われたのと同じくらい、胸に熱く、頼宗の言葉が沁《し》みる。

「あの、一つだけお願いがございますの」

もう間もなく彰子の御座所《ござしょ》へ到着《とうちゃく》するという時になって、賢子は足を止めると同時に、思い切って言った。

「何ですか」

頼宗はとても優しい声で問い返してくれる。

「明日から文月《ふみづき》（旧暦七月）でございます。それで、七日は七夕でございます」

賢子は口早に言葉を継《つ》いだ。

「それで、ですね。あの、今年だけでけっこうですので、その日に歌を贈《おく》っていただけませんか。とても美しい言《こと》の葉《は》を尽《つ》くした恋の歌を――」

本心でなくてもかまわない。だが、自分のためだけに、頼宗が歌を作ってくれたなら――。

それは、賢子だけの一生の宝物になる。それがあれば、きっと新しい道へ踏《ふ》み出すことができる。賢子はそう思った。

「分かりました。あなたに笑われない歌を作りましょう。あなたも私に負けない歌を返してください」

「はい。そういたします」

賢子と頼宗の眼差しが絡《から》み合い、そして、頼宗の方が先に目をそらした。

「それでは、私はこれにて。今日はご挨拶《あいさつ》はせず、一宮《いちのみや》さまのお供をして帰ります。皇太后さまにはよろしくお伝えください」

「えっ、一宮さまが御所へいらしているのですか」

急に心が現実に戻される。突然、耳にした敦康《あつやす》親王の話題に、賢子は驚《おどろ》いた。

そういえば、前に御所へ来た時も、頼宗は敦康親王と一緒《いっしょ》だったという。近ごろは行動をともにしていることが多いのかもしれない。

「実は、途中《とちゅう》ではぐれてしまいましてね。一体、どちらへ行かれたのやら。私もあなたの局《つぼね》の近くから離《はな》れられなかったし……」

もしや敦康親王は藤袴を探しているのではないか。だが、藤袴は彰子のもとにいるのだから、逢《あ》ってはいないはずだが。

敦康親王は藤袴に文を送っていた。藤袴もそれを熱心に読みふけっていた。こちらは読んでいないから分からないが、恋しい気持ちを打ち明けるような内容だったのではないか。

そうだとしたら、敦康親王は藤袴の身の上をたいそう心配しているだろう。藤袴も御所を追われることになった心細い今こそ、敦康親王にお逢いしたいのではないか。

頼宗と逢い、切なく苦しくともやはり嬉《うれ》しいこの気持ちを味わった今、賢子は藤袴の胸の内をそう推測せずにはいられなかった。

「それでは、ここで」

頼宗の手が賢子から離れてゆく。ゆっくりと立ち去ってゆく頼宗の後ろ姿を、賢子は切ない思いで見送った。

二

賢子《かたこ》が彰子《あきこ》の御前《おまえ》へ戻ると、藤袴《ふじばかま》は先ほどと同じ場所に座っていた。

賢子が部屋へ戻《もど》っている間に、彰子は藤袴に、賢子がひそかに果たしている役目について説明していたという。それは、賢子が初めて、秘密を隠《かく》さなくてよい友ができたということであった。よかったと思う半面、

（藤袴殿《どの》は今でも、私を友と思ってくれているのかしら）

という不安も込《こ》み上げてくる。

頼宗《よりむね》が藤袴に送った文を読んで以来、賢子は藤袴とまともに口を利《き》いていない。藤袴から話しかけられた時もあえて避《さ》けてしまったし、自分からは話しかけようともしなかった。頼宗が愛しているのは北の方であり、藤袴への関心は恋心ではなかったと知った今、やはりきちんと謝らなければならないと思う。

（でも、藤袴はもうこの御所《ごしょ》を去って行ってしまう……）

そのことが賢子の胸に深く重く圧《の》し掛《か》かってきた。

「そなたのもとに届いた文《ふみ》とやらは、ありましたか」

彰子から問われ、賢子は慌《あわ》てて、頼宗に預かってもらっていた文を差し出した。彰子は手に取るなり、文を開くより先に、

「これは、黒方《くろぼう》の……？」

と、呟《つぶや》くように言った。

言われて賢子は気づいた。文にくゆらせてあった香《かお》りを、彰子は即座に嗅《か》ぎ分けたのだ。黒方とは数々の香りの中でも、格が高いとされている調合で、しょっちゅう嗅ぐようなこともないので、賢子には分からなかった。無論、自分で調合したことなどない。

彰子の顔はすでにこわばっていた。それから、文をさっと開け、さらりと目を通すなり、

「これは、誰《だれ》の仕業《しわざ》によるものと、越後弁《えちごのべん》は考えますか」

賢子に目を向け、突然《とつぜん》問うた。

賢子は思わず息を止める。すでに、誰の仕業か自分なりの考えは持っていた。だが、それをそのまま彰子の耳に入れていいかどうか、躊躇《ためら》いがある。すると、それを察したらしく、

「そなたの申す者が誰であろうと、わたくしが不快に思うことはありませぬ。遠慮《えんりょ》せず思ったことを申しなさい」

と、彰子が告げた。こうなれば、もう正直に申し上げるしかない。

「かしこまりました」

賢子は返事をし、心を鎮《しず》める間だけ少し沈黙《ちんもく》した。それから、

「私は、すべては左大臣さまのご意思によるものではないかと考えております」

と、息も継《つ》がずに一気に言った。

彰子の表情は、まるでその返事を予期していたかのように、まったく変わることがなかった。

「そなたがそのように考えた理由を述べてみなさい」

彰子から続けて命じられ、賢子は深呼吸すると、再び口を開いた。

「まず、あの騒《さわ》ぎの直前のことですが、左大臣さまは私が実家へ帰った折、三条の方面へ行ったのではないかと、たいそう気になさっておいでででした。左大臣さまは、私が中納言

さまのお邸《やしき》へ伺《うかが》ったことを知っておられたのだと思います」

賢子は先ほどの道長との間のやり取りを、自分の推測も交えながら、すべて語った。

賢子が皇太后彰子の命令を受けて、中納言隆家《たかいえ》を訪ねたと疑う道長は、かつて紫式部が反道長勢力の貴族たちと彰子の間を取り持っていたことを思い出したのではないか。目障《めざわ》りな紫式部を追放してやったその後、どうやら彰子は同じ仕事を賢子に受け継がせたらしい。

そう推測した道長は、紫式部と同様に、賢子をも彰子のもとから追い払ってやろうと考えた。

「そこで、毒入りを予《あらかじ》め告げる文を、私のもとへ送りつけ、何らかの形で騒《さわ》ぎ立てるよう仕向けたのではないかと思うのです。また――」

賢子はまだ続きがあるということを示した上で、一度大きく息を吐《つ》いた。

彰子は軽くうなずき、先を続けるよう黙《だま》って促《うなが》す。

「左大臣さまが疑いを強くされた理由は、もともとこの御所と深いご縁のない中納言さまが、菓子を献上《けんじょう》なさったという事実にあると思います。何ゆえ今年の夏越《なごし》の祓《はらえ》に限って、そんな真似をなさるのか、と――」

賢子はそこまで言った後、目を伏せると、

「私が中納言さまのもとへお届けした皇太后さまの御文《おふみ》について、その中身を忖度《そんたく》申し上げるのは大変失礼でございますが」

と続けた。もちろん、あの文の中身は知らないのだが、今は少しだけ想像をめぐらせることができる。

「かまいませぬ。続けなさい」

彰子の許しが出たので、賢子は目を伏《ふ》せたまま先を続けた。

「あの御文のご返事は、今日の献上菓子《がし》をもってすることになっていたのではないでしょうか。たとえば、『応諾《おうだく》』であれば献上菓子をお届けする、『否《いな》』であればお届けしない、というような――。あるいは、献上菓子の中身によって諾否《だくひ》の判断をするものだったかもしれません。私が今、推測申し上げたのと同じことを、左大臣さまもお考えになったのではないでしょうか」

「確かに、父上であれば、そこまでお考えをめぐらせるのは不思議ではない」

彰子が独り言を呟《つぶや》くように言った。それから、賢子に向けて、少しばかり口もとをゆるめてみせた。

「それに、そなたもよくぞそこまで思い至ることができました」

彰子はそう言うなり、この文を用意させたのは道長であろうと告げた。

「父上はこの文でそなたを困らせ、あわよくばわたくしのそばから追い出そうとなさったのであろう。この文には、父上が好んで用いられる黒方《くろぼう》の香《か》がわざとくゆらせてある……。

父上の黒方には伽羅《きゃら》がふんだんに用いられておるゆえ、身内やおそば近くにいる者であれば、それと分かる」

伽羅はお香《こう》の中心に用いられる沈香《じんこう》の中でも、特に高価なもの。誰《だれ》もが使える香木《こうぼく》ではない。

また、黒方は主に冬の季節に好まれる香《かお》りで、夏の今は用いられなかった。それをあえて使ったのは、この文が彰子の手に渡ることを想定し、黒幕が自分であることを彰子にだけは気づかせようという意図があったのだろう。

——皇太后さまの思惑《おもわく》どおりにはさせませぬぞ。

道長の脅《おど》しがありありと伝わってくる。

そして、もう一つ、道長には別の意図もあったのではないかと、賢子は考えていた。

(因幡《いなば》さまを辞《や》めさせたことへの仕返し——)

因幡が烏丸《からすま》たちを使って、藤袴への嫌《いや》がらせをしていたのも、道長の指図によるものだったとすれば——。

烏丸たちが口を滑《すべ》らせた大物とは因幡のことであろうが、因幡の上にはさらに大物がいたのだ。その証拠に、道長は因幡を辞めさせたことを、彰子の御前《おまえ》で皮肉っぽく口にしていたではないか。

結果として、道長は賢子を辞めさせるという目的は達せられなかったが、おそらく賢子以上に辞めさせたかった藤袴を御所から追い払うことができた。因幡が果たせなかったことを、自ら果たしたのであろう。

「これは、わたくしが預かっておきましょう。いずれ役に立つ日が来るかもしれませぬ」

彰子は偽《いつわ》りの告発文を持ち上げながら、厳しい眼差しで告げた。

彰子は将来、道長と対立する日の訪れた時、これを切り札として使うことを考えているのかもしれない。その時は、この黒方の香《かお》りこそが道長の企《たくら》みの証《あかし》となる。

彰子は文を傍《かたわ》らの脇息《きょうそく》の横に置くと、それから藤袴に目を移した。その双眸《そうぼう》からすでに厳しさは消え、優しい眼差しに変わっている。

「藤袴が御所から追われることになったのは、わたくしとしてもやりきれない。済まぬことをしました」

彰子はいつもよりずっと柔《やわ》らかな声で、藤袴に詫《わ》びた。

「いいえ、もとより、わたくしは御所では何の役にも立たぬ女房《にょうぼう》でございます。越後弁殿《どの》が皇太后さまのおそばから離《はな》れることに比べれば、物の数でもございませぬ」

藤袴は恨《うら》みなどいっさい感じさせぬ声で、彰子に答えた。ただ、その藤袴の声は、賢子の耳には少し寂《さび》しげに聞こえた。

「ただ、御匣殿《みくしげどの》に似ているというだけで不吉だの何だの言われ、御所まで追われる。理不尽《りふじん》な結果に胸も張り裂《さ》ける思いであろう。されど、父上は今、中宮の御産《おさん》のことで頭がいっぱいなのじゃ。男皇子《おのこみこ》誕生のためなら、父上はどんなことでもなさるであろう」

理不尽な言いがかりをつけたり、偽《にせ》の告発文を送りつけたりといった汚《きたな》いことも、あえてするという意味であろう。確かに今回のことは、朝廷《ちょうてい》を率いる左大臣にしては、やり方が杜撰《ずさん》で姑息《こそく》でもある。

しかし、道長の権力とは、自らの血を受け継《つ》ぐ天皇なくして継続《けいぞく》できぬものなのだ。彰子の産んだ東宮敦成《あつひら》親王がやがて天皇となれば、摂政《せっしょう》か関白《かんぱく》の地位が約束される。しかし、その次に、道長と血縁《けつえん》関係のない皇族が皇位に就けば、摂政および関白の地位を失ってしまう。摂関《せっかん》政治とはそういうものであった。

だから、何としても中宮妍子《きよこ》に三条天皇の皇子を産んでもらわねばならぬ――道長が強くそう願うのも当たり前であった。

そして、出産に限っていえば、中関白家《なかのかんぱく》の女性には悲運の翳《かげ》がつきまとう。皇后定子《さだこ》は三度目の出産の折に亡くなり、御匣殿《みくしげどの》もまた懐妊《かいにん》中に命を落とした。その二人に似た藤袴――彼女は、今の道長の目には、我が娘の出産を呪《のろ》う女としか見えないのではないか。

恨《うら》めしく思い、敵対はしても、そんな父の気持ちも分かるのだろう。あるいは、そんな父に娘《むすめ》として同情しているのかもしれない。彰子の表情にわずかな翳がさした。それに気づいたのか、藤袴は居住まいを正すと、

「わたくしは短い間ですが、皇太后さまからたいそうよくしていただきました。その御恩《ごおん》

を思えば、そのほかのことは些細《ささい》なことでございます」

改まった様子で告げた。それを聞き、彰子の目にも再び強い光が戻《もど》ってくる。

「そう言うてくれると、わたくしも少し肩《かた》の荷が下りる。いずれにしても、わたくしはここで気を落としたりはしませぬ。むしろ、これをよい機会としなくてはなりますまい」

彰子は賢子と藤袴を交互《こうご》に見据《みす》えた。

「藤袴は後見《うしろみ》が中納言であると、父上の前で打ち明けました。ならば、藤袴が身を落ち着けるのは中納言の邸《やしき》となろう。そして、越後弁は藤袴と仲がよいと聞く。つまり、これからは友を訪ねて中納言の邸に出入りすればよい」

確かに、彰子の言葉のとおりであった。

「はい。これからは、仮に左大臣さまに疑われたところで、私は堂々と中納言さまのお邸に伺《うかが》えます」

賢子は明るい声で返事をした。暗く沈《しず》んでいた心の中に、明かりがともったように感じられる。

「悪いことばかりでもない。そう思うことにいたしましょうぞ」

彰子の気を引き立てるような力強い声に、賢子と藤袴はそれぞれ「はい」と心のこもった返事をした。

三

皇太后の御前《おまえ》を退出した二人は、誰《だれ》もいない渡殿《わたどの》を無言のまま歩いていった。

何と言えばいいのか分からない。賢子《かたこ》の中で、藤袴《ふじばかま》への思いはとても深く、そして複雑だった。

一目見た時から親しくなりたいと思い、浮世離《うきよばな》れした対応に振《ふ》り回された時もある。勘《かん》違《ちが》いから、恋《こい》する人の心を奪《うば》われたと思い、妬《ねた》みに苦しんだ時もあった。そして――。

――越後弁殿《えちごのべんどの》を追放してはなりませぬ。

――わたくしが御所《ごしょ》を出てまいりますゆえ、越後弁殿と小馬《こま》殿に責めを負わせることはなさいませんよう。

道長の前で、堂々と庇《かば》ってくれたことに、どれほど感謝してもし尽《つ》くせないほどの恩義を感じている。

あの時の藤袴は同い年とは思えないほど立派だった。威厳《いげん》さえあふれていたように思える。

(そんなあなたと、私は今こそ、本当に親しくなりたい)

賢子は心の底から、強くそう思った。それは、藤袴の美しさを見て、親しくなりたいと思った時の気持ちとは、比べものにならないほど強いものであった。

「藤袴殿……」

賢子は足を止めて呼びかけた。

藤袴が一歩だけ先に進んだところで立ち止まり、振り返る。

「私、頼宗《よりむね》さまをお慕《した》いしていたの。その頼宗さまがあなたに見事な恋の歌をお贈りになったことを知って、うらやましかった。その上、あなたはその文《ふみ》を見ようともしないのだもの。口惜《くや》しかったわ……。それで、藤袴殿と話をするのも嫌《いや》になって……」

藤袴の前でだけは認めたくないと思っていた正直な気持ちが、どういうわけか、この時、口からあふれてきた。

うらやましい、口惜しい――対等でいたい友に対して、抱《いだ》きたくはない気持ち。そんな気持ちを持ってしまう自分のことも、嫌でたまらなかった。

「わたくし、中将君《ちゅうじょうのきみ》（良子）から責められましたわ。越後弁の気持ちが分からない鈍《にぶ》い人だって。わたくし、三位中将《さんみの》さま（頼宗）に対する越後弁殿の気持ちは何となく分かっていましたけれど、越後弁殿がわたくしをどう思うか、それは分かっていなかったのだと思います」

「中将君が藤袴殿にそんなことを――？」

良子が自分を庇《かば》ってくれたということが、意外でもあり、嬉《うれ》しくもあった。

(ううん、そんなことないわね。中将君も小式部《こしきぶ》もさっき、私を庇ってくれた……)

賢子は道長の前へ進み出てくれた二人の度胸を思い出し、胸を熱くした。

「そういえば、小式部が私にこう言ったの。口惜《くや》しいのなら、藤袴殿《どの》が好きな一宮さまを奪《うば》ってやればいい、なんて——。あれで、あの人なりに私を慰《なぐさ》めてくれていたのかしら」

「一宮さまを奪う——? 越後弁殿が……?」

釣《つ》り灯籠《どうろう》の明かりを背にした藤袴の顔色が、ひどく悪いように見える。

「だから、たとえ話よ。一宮さまが私ごときをお気に召すはずないでしょ。もっとも、お目にかかったこともないのだけれど」

「わたくし……」

藤袴の声が震《ふる》えている。そのうち上半身も震え出したので、賢子は慌《あわ》てて藤袴の肩を抱《だ》いて支えた。

「どうなさったの?」

驚《おどろ》いて、藤袴の顔をのぞき込《こ》むと、藤袴はぎゅっと賢子の唐衣《からぎぬ》の袖《そで》をつかみながら「越後弁殿」と蒼《あお》ざめた顔で言った。

「わたくし、分かりましたわ」

吸い込まれるように純粋《じゅんすい》な双眸《そうぼう》が、強い確信に満ちていた。

「分かったって、何を――？」

「小式部殿が言わんとしていたことですわ」

「小式部が……？」

小式部が言わんとしていたことなど、言葉どおりの意味でしかないと思うが……。

藤袴が何をそれほど「分かった」のか、賢子にはさっぱり分からなかった。

「小式部殿は、越後弁殿が先ほどの言葉をわたくしに伝えると考えたのですわ。そして、わたくしにこう言っているのです。仮に、一宮さまが越後弁殿に夢中になった時、どんな気持ちになるか想像してみなさい、って。それが、越後弁殿の気持ちなのだって」

賢子は思わず、瞬《まばた》きをして、藤袴の顔を見つめ直してしまった。

「さあ、それはどうかしら？　あの子がそこまで深いことを考えているかどうかは――」

小式部はどう考えてみたところで、思ったことをそのまま口にしていたとしか考えられない。藤袴よりは長い付き合いをしているのだから分かる。

だが、藤袴は自分の言葉を信じ切っているようであった。

「わたくし、一宮さまをお慕《した》いしているかどうか、自分の気持ちですのによく分かりませんでしたの。もちろん、お慕いなどしてはいけない、ということは分かるのですけれど。でも、あの方がわたくし以外の誰《だれ》かを好きになったら……やはり寂《さび》しく、平静ではいられませんわ。そのことが、今のお言葉でようやく分かりました。その誰かが、一宮さまからのお文《ふみ》をぞんざいに扱《あつか》ったり、別の人に見せたりしたら、やはり許せないだろう、とも――」

「藤袴殿《どの》……」

「今になって、中将君がわたくしを鈍《にぶ》いと言ったお言葉の意味も分かりました。わたくし、してはいけないことを越後弁殿にしていたのですね」

藤袴はいつもの華《はな》やかさをどこかへ置き忘れたかのように、しょんぼりとうなだれてしまった。

こうしてみると、やはり同い年の少女なのだなと賢子も思う。そして、それまで感じたことのない慕《した》わしさを、藤袴に覚えた。

「私も今、想像してみたわ。もしも藤袴殿が頼宗《よりむね》さまを好きになって、その頼宗さまが私を好きだったら、どうだったかしらって。私、きっと、いい気分になっていたと思うのよ」

賢子は心の中に浮《う》かび上がってくる気持ちを、ありのままに打ち明けた。それは、不思議なくらい気分のいいことであった。自分には醜《みにく》くて嫌《いや》なところがある――そんな告白を受け止めてくれる人がいるというのは、何て気持ちの晴れることなのだろう。

こんな告白は頼宗の前では決してできない。もちろん、兼隆《かねたか》の前でも――。

母や彰子《あきこ》や雪の前でもできないだろう。こんなことができるのは、同じ年頃《としごろ》の友を相手にしている時だけだ。

良子や小式部や小馬《こま》の前では、照れや意地があって素直《すなお》に告白できないかもしれないけれど、でも、彼女たちはもう、お互いに駄目《だめ》なところも嫌なところも分かっている、そんなふうにも思える。

「私、さっき、藤袴殿をうらやんだり妬《ねた》んだりする自分が嫌だって言ったけれど、逆なら全然かまわなかったのよ。自分が人からうらやまれるのはよくて、自分が誰《だれ》かをうらやましく思うのは耐《た》えられない──なんて、本当にばかげているわよね。私って、自分で思っているよりずっと、身勝手な性質《たち》なんだわ」

「越後弁殿……」

藤袴が顔を上げて、賢子をじっと見つめた。

汚《けが》れのない純粋《じゅんすい》な瞳が濡《ぬ》れたように光っている。自分たちの間をつなぐ確かな絆《きずな》が見えた気がした。そして、それはもう、ちょっとしたことでは切れたりしない。

「藤袴……か？」

若い男の遠慮《えんりょ》がちな声がその時、二人の耳に注ぎ込《こ》まれた。賢子たちが進んでいた方向に、立ち尽《つ》くす影《かげ》が一つある。

賢子には聞いたことのない男の声であったが、藤袴の方はびくりと体を震《ふる》わせると、顔を上げて、そちらをじっと見つめた。

「一宮さま──」

藤袴の呟《つぶや》いた言葉に、賢子は仰天《ぎょうてん》してその場にひざまずいた。藤袴の方はひざまずくのも忘れて立ち尽《つ》くしたまま、敦康《あつやす》から目をそらせないでいる。

敦康もまた、藤袴しか目に入らないといった様子で、足早に近づいてきた。

「そなたが御所を出て行くと聞いた……。それに、私の叔父《おじ》（隆家）の世話を受けていた、とも」

「申し訳ございません。一宮さまにまでご心配を――」

藤袴が憂《うれ》いを含《ふく》んだ声で答える。

「私のことはいい。だが、事情を聞けば、そなた一人に罪のある話とは思えぬが……」

敦康の言葉が賢子の心にずしりと重く圧《の》し掛《か》かった。

そうなのだ。藤袴を愛しく思う者から見れば、藤袴一人が責めを負わされたこの結果に、決して納得がいくまい。

「左大臣は私をうとましくお思いなのだ。だから、我が母の実家に関わる人を……」

敦康の憤《いきどお》りを含《ふく》んだ声が賢子の頭上で高鳴った。道長への批判など、いつもであれば決して口にしないのだろうが、さすがに今は敦康も平常心を失くしていたのだろう。

この御所の中で、それ以上語らせてはいけない――賢子が思わず二人の会話に割って入ろうとした時、いち早く、藤袴が敦康の言葉を遮《さえぎ》った。

「それ以上、おっしゃってはなりませせぬ。わたくしは平気でございますから」

敦康が口をつぐんだのを見計らい、賢子は口を開いた。

「一宮さま、それに藤袴殿《どの》。ここは人目につきますゆえ、藤袴殿のお局《つぼね》か……さもなくば、私の局をお使いくださいませ。少し広うございますので、気をつければ、話し声も漏《も》れないと存じますので」

藤袴の部屋の方は、道長の意を受けた誰かに見張られている恐れもある。賢子の部屋とてその見込《みこ》みはあるが、今日の成り行きからすれば、藤袴の部屋よりはましだろう。

「越後弁殿でございます。今まで、二人で皇太后さまの御前《おまえ》に呼ばれておりましたの」

藤袴が敦康に賢子のことを紹介してくれた。

「越後弁とは……あの紫式部殿の息女か」

敦康が思い出したように言ったが、薄暗い渡殿《わたどの》では互いの顔もよく見極められない。

賢子はひざまずいたまま頭を下げ、それから「ご案内いたします」と、二人を先導して歩き出した。その後ろを、敦康が藤袴を支えるようにしながら進む。

(私がこの御所を追い出されていたかもしれないのに……。藤袴殿が犠牲《ぎせい》になったせいで、一宮さまを傷つけ申し上げてしまった)

敦康と藤袴に申し訳ないことをした――その思いに賢子は胸をつまらせていた。

四

水無月《みなづき》が終わり、文月《ふみづき》を迎《むか》えた最初の日、人々が目覚めた頃《ころ》にはもう、藤袴《ふじばかま》の姿は御所《ごしょ》から消えていた。

夜が明ける少し前に出て行ったという。

昨日の夜、賢子《かたこ》の部屋で藤袴と別れを惜《お》しんだ敦康《あつやす》は、それまで小馬《こま》の部屋に身を寄せていた賢子を呼び寄せ、礼を述べた。

「藤袴と親しいと聞いた。これからも、変わらずに親しくしてやってくれ」

敦康は賢子にそんなことを言った。

「一宮さまも、藤袴殿《どの》をどうぞお忘れなきよう。中納言さまは御叔父上《おんおじうえ》であられますゆえ、そのお邸《やしき》をお訪ねになることもございましょう。その時は、藤袴殿にもお声をおかけくださいませ」

藤袴が御所の女房《にょうぼう》でなくなっても、敦康との仲を深めることはできぬわけではない。そう告げたつもりであったが、敦康は残念そうに首を横に振《ふ》った。

「そうしたいが……。私はそう身軽に動ける身でもない」

確かに、先帝《せんてい》の一宮という立場は、気軽にどこかへ遊びに行けるようなものではない。また、敦康の行動にも中納言隆家《たかいえ》の身辺にも、道長の目が光っているだろうから、軽率な振《ふ》る舞《ま》いはできないのだろう。

「では、せめて皇太后さまの御所へ来られた時に、文《ふみ》など言づけてくだされば、私が藤袴殿にお届けいたします。藤袴殿からの文もお預かりしてくることができますゆえ」

賢子は頻繁《ひんぱん》に藤袴を訪ねるつもりであったから、二人の文使いを引き受けるつもりだった。

「かたじけない……」

そう言って去ってゆく背中が、何とも寂《さび》しげで、賢子は二人を思うと切なくなった。

それから、二日が過ぎた七月三日、賢子はさっそく彰子《あきこ》の許しを得て、中納言隆家の邸へ藤袴を訪ねた。この日は、彰子からの文や言伝《ことづて》などは何もない。

牛車《ぎっしゃ》を建物の端《はし》につけて降りると、迎《むか》えに現れたのは何と、かつて会ったことのある馬の御方《おんかた》であった。

「今日は、藤袴殿に会いに来たのですが……」

皇太后の使いではないと告げると、馬の御方は分かっていると言い、

「私が越後弁《えちごのべん》殿のお顔を見たかっただけですよ」

と、明るい笑顔を向けて答えた。

そう言われると賢子も嬉《うれ》しい。自分も馬の御方に会いたかった、と賢子は言った。

「馬の御方さまに悩みを聞いていただけて、私は元気を頂戴《ちょうだい》いたしました。それに、親しくなりたいと思っていた人とも、友情を結ぶことができましたの」

「それはよかったこと。藤袴殿《どの》のことだったのですね」

馬の御方はもう事情をすべて分かっているようだ。「はい」と、賢子が弾《はず》んだ声でうなずくと、

「越後弁殿は私の娘《むすめ》とも仲良くしてくださっているそうね。ありがたいこと」

馬の御方が突然《とつぜん》言った。

賢子は驚《おどろ》いて訊《き》き返した。「私の娘とも」と言う以上、藤袴のことではあるまい。では、誰《だれ》の母だというのか。

「馬の御方さまの娘――？」

「馬って……まさか。馬の御方さまの娘御《ご》って、小馬《こま》さまのことでいらっしゃいますか」

小式部と良子の母君は、それぞれ顔も知っている。

賢子が親しい仲間うちで、母君の顔を知らない人物と言えば、ただ一人、小馬しかいなかった。そして――。

（『馬』の御方の娘だから、『小馬』というわけ？）

今さらながら、そのことに気づき、賢子は己《おのれ》の迂闊《うかつ》さが情けなくなる。

「では、馬の御方さまは、あの清少納言さま……？　本当に――？」

震《ふる》える声で尋《たず》ねると、

「ええ、そうですよ」

と、馬の御方――清少納言は朗《ほが》らかに答えた。

「さあ、藤袴殿のところへご案内しましょう」

そう言って、清少納言は歩き出すのだが、賢子はまだ夢でも見ているような気分で、目の前を行く小さな背中が清少納言のものだとはまだ信じられない。

「以前お会いした時は、私の素性《すじょう》をご存じないようだったから黙《だま》っていたのだけれど、私はずっと前から、あなたにお目にかかりたかったのですよ。娘の友人であり、そして若《わか》紫《むらさき》の君であるあなたにね」

歩きながら振《ふ》り返る清少納言の顔には、夏の陽射しのような笑みが浮《う》かんでいる。

「わ、若紫――？」

賢子が思わず足を止めてしまったので、清少納言も振り返ったまま、足を止める。

「ええ。お母上が書いた若紫はあなたのことでしょ？　若紫の君よりずっとはつらつとしていらっしゃるけれど……。でも、私は若紫よりあなたの方がずっと好ましいわ」

ずいぶん率直に言ってくれる。だが、だからこそ嬉しかった。

「あら、これはもちろん、お母上の物語にけちをつけているわけじゃありませんよ。私はお母上の物語を、とても好きなのですから――」

これは前にも言いましたっけ――と独り言のように続けると、清少納言は再びくるりと前を向いて歩き出した。

やがて、藤袴が使っているという東の対《たい》にある一室に到着《とうちゃく》した。

藤袴は今、この東の対をすべて一人で使っているのだという。中納言の実の娘《むすめ》のような待遇《たいぐう》であった。

どうやら、隆家は妹の御匣殿《みくしげどの》に似た藤袴を大切に扱《あつか》っているらしい。藤袴がこの邸《やしき》で厄介者《やっかいもの》扱いされていないことを知って、賢子はほっとした。

「では、私はここで下がらせていただきます。また、改めてゆっくりお話ししましょう」

清少納言は、藤袴と賢子の会話に加わる気はないらしく、戸の前で踵《きびす》を返した。

「はい。ぜひ」

賢子は力のこもった声で返事をし、それから声をかけて中へ入った。

「越後弁殿」

迎《むか》えてくれた藤袴の声は明るく、寛《くつろ》いで聞こえた。

会ったばかりの頃《ころ》、美しい大きなお人形のように見えた藤袴のことを思い出し、ずいぶん変わったものだと、賢子は思った。

それまで友と呼べる者を持たなかったという藤袴が、たとえ短い間とはいえ、自分たちと関わったことで、変わったのであれば嬉《うれ》しい。

（いいえ、私たちだけではないわね）

藤袴が変わった一番大きな要因といえば、敦康親王ではないのか。そのことも藤袴に尋《たず》ねてみたい。

賢子は藤袴の前に座り、まずこの邸での暮らしぶりを尋ねた。これについては、彰子からもしっかりと見聞きしてくるよう命じられている。

「とてもよくしていただいております」

と、藤袴が無理のない表情で言うので、賢子は安心した。

だが、穏《おだ》やかだった藤袴の顔つきも、

「その後、一宮さまからのお文《ふみ》などは届いているのかしら」

と、賢子の問いかけがそこにおよぶと、急に沈《しず》んだものになってしまった。

藤袴は無言のまま、首を横に振《ふ》る。

「一宮さまはお立場上、気軽に出かけたり、文を出したりできないお方ですから――」

賢子は先日、敦康が口にしていた言葉を思い出して、藤袴に告げたが、そんなものは慰《なぐさ》めにもならないだろう。

「ねえ、藤袴殿。私たちは友なのだから、正直に打ち明けてくれてもいいと思うの。あなたはやはり、一宮さまを恋《こい》しく想っておられるのでしょう？」

推測はできるものの、藤袴の口からはっきり聞いたことはない。今こそ、そのことを本人の口から打ち明けてほしかった。だが、藤袴は困惑《こんわく》した表情を浮《う》かべたまま、首を縦にも横にも振《ふ》ろうとしない。

「そうおっしゃられても、わたくしには恋というものがよく分からないのです。これまで、世間並みに殿方《とのがた》とお話をしたこともなかったので」

「まあ、殿方とまともにお話ししたことがないというのは、ふつうなのでしょうけれど……」

藤袴の方に、はっきり恋しいという自覚がなければ、二人の仲を取り持つことなどできない。

「ただ――」

この時、藤袴がどことなく切羽詰《つ》まった声で切り出した。

「もう一度だけ――もう一度だけでいいから、一宮さまにお逢《あ》いしたいとは思います。夏《な》越《ご し》の祓《はらえ》の日には、急なことで、十分にお別れを申し上げることもできず……。一宮さまがこちらのお邸《やしき》へ足を運ばれるのは、とても難しいことですから、わたくし、もう逢えないことは覚悟しております。わたくしからお会いしに行くなど、もってのほかでございますし。でも、せめてもう一度だけ、しっかりとお別れを申し上げたい――」

「お別れだなんて考えないで。もう一度、お逢いすることが、新しい絆《きずな》を深めることになるかもしれないじゃないの」

賢子は思わず藤袴の近くに膝《ひざ》を進め、先夜のように、その肩《かた》を抱《だ》いた。

藤袴は敦康との恋が進展することなど、まったく考えていないようだ。

だが、賢子の見る限り、二人は間違《まちが》いなく惹《ひ》かれ合っている。それでも、敦康が藤袴を恋人として扱《あつか》い、ここへ通ってくるというような事態はさすがに難しいだろうと、賢子にも思えた。

道長から見れば、政敵になり得る――事実、彰子が反道長勢力に引き入れようとしている隆家の邸に、敦康が頻繁《ひんぱん》に通っている、というのはどう考えてもよろしくない。

ただでさえ、道長から疑われやすい敦康の立場を、より悪くすることになるだろう。

藤袴も世間知らずとはいえ、彰子《あきこ》の御所《ごしょ》で過ごした間にそのくらいのことは悟《さと》っただろうし、分かっているからこそ、敦康とは別れねばならないと思っているに違《ちが》いない。

「ねえ、もうすぐ七夕がやってくるわ」

賢子は藤袴の耳にささやいた。

「私、ついこの間、頼宗《よりむね》さまに思い切ってお願いしたの。その日、私に歌を贈《おく》ってください、って。頼宗さまは承知してくださったわ」

賢子自身、その歌のやり取りをもって、頼宗との仲に区切りをつけるつもりでいる。

だから、次に逢う日をもって、別れのけじめにすると言う藤袴の気持ちも分からないわけではなかった。

（でも、お二人が七夕の夜にお逢《あ》いして、互いの想いを受け容《い》れる気持ちになれるのなら――）

友の恋《こい》がうまくいくよう、賢子は願わずにはいられなかった。

「だから、藤袴殿《どの》も一宮さまにお文《ふみ》を書くといいわ。七夕の夜にいらしてくださいって。一宮さまが皇太后さまの御所へいらした時に、私がお渡しします。お越《こ》しがなければ、一宮さまのお邸《やしき》に必ず届けさせる。だから、思い切ってお文を書いて。私も思い切って、頼宗さまにお願いしたのよ」

「越後弁殿……」

藤袴の声は涙《なみだ》まじりになっていた。

「一宮さまがどれほど窮屈《きゅうくつ》なご身分でも、一年に一度の七夕くらい、足を運ぶことはおできになるわ。それだけなら、左大臣さまのお耳に入ったってどうってことないし。それからのことはそれからのことよ」

明るい声で告げる賢子の言葉に、藤袴は袖《そで》に顔を埋《うず》めたまま、「……ええ、ええ」と何度も何度もうなずいた。

賢子が抱《だ》くそのほっそりとした肩《かた》は、しばらくの間、小刻みに震《ふる》え続けていた。

第六章　めぐりあいて

一

七夕の当日は好天に恵《めぐ》まれた。その日の昼間、賢子《かたこ》は鰯雲《いわしぐも》の流れる秋晴れの空を、部屋の戸を開け放って眺《なが》めながら、胸に浮《う》かぶいくつかのことを考え続けていた。

一つは、頼宗《よりむね》から届けられることになっている歌のこと。もう一つは、敦康《あつやす》親王がこの夜、藤袴《ふじばかま》を訪ねて中納言隆家《たかいえ》の邸《やしき》に行くのかどうか、ということ。

藤袴から預かった文《ふみ》はその翌日、皇太后の御所《ごしょ》へ現れた敦康に、賢子が直《じか》に渡している。

「返事が要《い》るかもしれないから、読み終わるまで待っていてほしい」

と、敦康から言われ、賢子は敦康が文を読む間、近くでその様子をうかがっていた。さすがに、その表情をじっくり観察するわけにはいかなかったが、読み終えた時の敦康の頰《ほお》は少し紅潮《こうちょう》し、表情は晴れやかだった。

敦康からの返事はなかった。

おそらく返事は要《い》らないと、藤袴の文に書かれていたからだろう。そして、その時の敦康の様子から判断するに、敦康は藤袴を訪ねてゆくつもりなのだと賢子には思えた。

今宵《こよい》、訪ねたからといって、その後も敦康が藤袴のもとへ通い続けるのは難しいだろう。彦星《ひこぼし》と織姫《おりひめ》とまではいかなくとも、なかなか逢《あ》えない日々が続くのかもしれない。それは、藤袴にとってもつらいことだろうと思う。ただ待つだけの暮らしというのは――。

同じように恋人《こいびと》となかなか逢えない暮らしであっても、宮仕えをしていれば、数多くの人と接し、気のまぎれることも多い。だが、藤袴はその暮らしを奪《うば》われてしまったのだ。

（私が御所を追われていたら……と思うと、やはり耐《た》えられない）

賢子はそう想像すると、恐ろしくなる。

宮仕えを始めてまだ一年と少しだというのに、もう元の暮らしには戻《もど》れないという気がするのだ。

時には憎《にく》まれ口を叩《たた》きながらも親しく付き合う友がいて、叶《かな》わぬ想いを抱《かか》えつつも、恋しい人の姿を見ることができ、他にも御所を訪ねてくる多くの殿方《とのがた》と言葉を交わし、歌を詠《よ》み合うことのできるこの暮らしを失うのは、やはりつらい。

（ごめんなさい、藤袴――）

賢子は申し訳ない気持ちになる。そのためにも、せめて藤袴の恋だけはうまくいってほしいと思う。

「越後弁殿《えちごのべんどの》、何をお考えですか」

突然の声に驚《おどろ》いて、そちらを見ると、頼宗であった。

「どうなさいましたか。あなたらしくもなく、ぼうっとして——」

紅色の直衣《のうし》がまるで火が燃え立つように鮮《あざ》やかに見える。派手な色合いも頼宗にはよく似合っていた。

「頼宗さまがくださるお歌のことをあれこれ思い描《えが》いておりました、と申し上げたいところですが、友のことを考えておりましたの。御所を去ってしまった友のことを——」

「藤袴……のことですか」

「はい。一度、中納言さまのお邸《やしき》をお訪ねした時は、落ち着いていたようですけれど……」

「そうですか」

頼宗は少し何ごとか思案にふけるような表情を浮《う》かべた。その端正《たんせい》な横顔がいつになく深刻そうに見えて、賢子は胸がざわめいた。

藤袴に恋心めいた関心は抱《いだ》いていないと言いながら、実はそうではなかったのかと、ふと疑念が首をもたげてしまう。

「夏越《なごし》の祓《はらえ》の時のことですが……」

不意に、頼宗が生真面目な表情で切り出した。

「あの日、私は一宮さまとともにこちらの御所に参りました。それで、お帰りもご一緒《いっしょ》にと思ってお捜《さが》ししたのですが、ついに見つからなかったのですよ」

確かに、あの折、頼宗は敦康とはぐれてしまったと言っていた。

その後、敦康は藤袴と会い、しばらくの間、賢子の部屋で語り合っていたのだから、頼宗が敦康を見つけられなかったのも当たり前だろう。だが、敦康がその時、何をしていたのか、頼宗は鋭《するど》い勘《かん》を働かせているようであった。

「もしや、と思いますが、一宮さまは藤袴にご執心《しゅうしん》なのですか」

頼宗の言葉に、賢子は下手なごまかしをすることもできず、口をつぐんでいた。それで、頼宗は大体のところを察したらしい。

「一宮さまはお母宮《ははみや》のお顔は覚えていないそうですが、御匣殿《みくしげどの》のお顔はうっすら覚えているとおっしゃっていました。藤袴は御匣殿に似ているという。ならば、一宮さまが惹《ひ》かれたとしても、それ自体は不思議ではありません。私とて、藤袴が素性《すじょう》の確かな者であれば、反対などしませんが」

頼宗はやはり藤袴が何者なのか、まだ気になっているようだ。

だが、藤袴が誰《だれ》の娘《むすめ》なのかということは、いまだに賢子も知らないのである。とはいえ、素性が確かでないという言い方はあまりにもひどいと思った。

「そんな、藤袴殿の素性が怪《あや》しい、みたいなおっしゃり方をなさるなんて――」

思わず友を庇《かば》って、声を高くしてしまう。

「この御所へお仕えする以上、素性は確かなはずです。後見《うしろみ》が中納言さまであることを秘めていたのは、皇太后さまのお考えによるものですし……」

「それは分かっていますよ。ですが、あの者は故大納言時中卿《ときなかきょう》の娘《むすめ》ではありますまい」

先日よりも、もっときっぱりとした物言いであった。

「中納言殿とて、いくら妹に似ているからといって、赤の他人の娘の世話などなさらぬと思いますよ」

それは、藤袴と中納言隆家の間に――つまりは、頼宗の正妻と藤袴の間にも、血縁《けつえん》関係があるということだろうか。頼宗は妻の口を通して、何かを知ったのだろうか。

「私は昔から、ずいぶんと遊び歩いておりましたのでね。そのせいか、いろいろな噂《うわさ》を――真実もうそも取り混ぜた、かなり怪しげな噂も耳にすることが多いのです。実にまあ、女人というのは噂話が好きですからね」

頼宗の女性関係の多さをうかがわせる話であったが、今はそのことに深くこだわるより、先の話の方が気にかかる。頼宗は一体、どんな不穏《ふおん》な噂を拾ったというのだろう。

「荒唐無稽《こうとうむけい》な話の一つに、こういうものがありました。一宮さまには、皇位に就くことができない大きな秘密があるのだ、と――」

敦康親王が天皇になれない秘密――？　賢子は思わず息を呑《の》んだ。

敦康が東宮に選ばれなかったのは、生母も亡くなっていた上、その実家の力が弱まっていたからだ。他にどんな理由があるだろうか。

一説によれば、皇后定子《さだこ》の母高階《たかしな》氏の血筋が、遠い昔、在原業平《ありわらのなりひら》と伊勢斎宮《いせのさいぐう》の間に生まれた不義の子の子孫だからだ、という。とはいえ、それも取ってつけたような理由であって、誰《だれ》も本気にはしていない。

敦康が東宮になれなかったのは、左大臣道長がそれを望まなかったから――それがすべてであった。

第一、そんな理由があるのならば、その敦康を天皇にしようと画策している彰子はどうなるのか。してはいけないことに、手を染めていることになってしまう。

「一宮さまにそんな秘密《ひみつ》があるのですか」

問いただす賢子の声はかすれていた。

「一宮さまもご存じないことです。だから、一宮さまが隠《かく》しているわけではないのだが」

「では、隠しているのはどなたなのです？」

「一宮さまがお生まれになった時、そのそばにいた中関白家《なかのかんぱく》のごく少数の方々、でしょうか。まあ、ほとんどお亡くなりになってしまいましたが。今では、おそらく中納言殿と、場合によっては皇太后さま……か」

「ど、どういうことです？　私には何のお話か、まったく――」

聞くのは怖《こわ》い。だが、聞かないでいるのはもっと怖かった。

「私は、この話を聞いた時、まったく信じなかった。しかし、藤袴を見て、ふと疑う気になった。それで、もしやと思い、妻を問いただしたのです。中納言殿や亡き皇后さまの姪《めい》である妻ならば、何か知っているかもしれない、と――。妻は私の話を聞いて蒼《あお》ざめました。もっとも、妻も真実を知っていたわけではなく、ただそういう話を耳にしたことがあるに過ぎないのですがね」

「おっしゃっていることがまるで分かりません。中関白家にとんでもない秘密が隠されている、ということですか」

「そう思ってくださっていいでしょう。ただ、事は重大です。私の口からはとても言えない。ですから、もしも一宮さまが藤袴に恋《こい》をし、あるいは藤袴も一宮さまを慕《した》わしく想っていて、二人が逢《あ》おうとする――そんな事態になりかけたら、皇太后さまにお伺《うかが》いを立ててください。そして、あなたは皇太后さまの仰《おお》せのとおりにすればいい。皇太后さまが何もおっしゃらなければ、今の話も忘れてくれてけっこうですよ」

「もしかしたら、今夜にも、お二人は逢おうとするかもしれません」

賢子は震える声で言い、頼宗を見返した。

頼宗の隠している話の内容に見当がつくわけではない。

だが、決して冗談《じょうだん》を言っているわけではなく、重大な――敦康の将来にも関わる重大な問題であるということだけは分かった。

「ならば、今すぐに皇太后さまにお目通りしなさい。今すぐです」

鞭打《むちう》つように厳しい頼宗の声――優美を体現するような貴公子が、そんな声を出すことはめったにない。

賢子は弾《はじ》かれたように立ち上がると、部屋を駆《か》け出し、後ろを振《ふ》り返ることもなく彰子の御前《おまえ》へ急いだ。

二

折り入ってご相談したいことがある――と願い出ると、彰子《あきこ》はすぐに人払《ひとばら》いを命じた。

本来はそれだけでも特別待遇《たいぐう》で、他の女房《にょうぼう》たちの嫉妬《しっと》を買いそうなことであるが、どうやら彰子が賢子《かたこ》をお気に入りだという認識が、周囲の女房たちの間に広まっているらしい。紫式部の娘《むすめ》なら仕方がない――とでもいうような雰囲気《ふんいき》が生まれつつあり、最近では当たり前のように受け容《い》れられていた。

「何ごとです。藤袴《ふじばかま》の件か」

彰子は賢子が切り出す前にそう尋《たず》ねた。

賢子は蒼《あお》い顔で「はい」と低く答える。

「いかがしたのです」

賢子の様子に、彰子は怪訝《けげん》な表情を浮《う》かべた。

「実は……私は、藤袴殿《どの》の文《ふみ》を一宮さまにお届けいたしました」

賢子はそう打ち明けた。

「何と――」

彰子の声の調子が変わる。

「一宮さまは藤袴殿にお心を寄せておられるご様子。藤袴殿の方もまた――」

「よもや、二人はひそかに逢《お》うてなどおりますまいな」

彰子の声は、賢子が聞いたこともないくらい、緊張《きんちょう》していた。

「まだそのようなことはございません。でも、遠からず逢うお約束を――」

「ならぬっ！」

彰子は大きな声で叫《さけ》ぶように言った。それから、

「それだけは、断じてなりませぬ」

今度は自分に言い聞かせるようにして、やや声を落として言う。彰子の顔色はすっかり蒼ざめていた。

「そ、それは何ゆえでございますか。一宮さまとて、おそばに女人を置かれても不思議はないお年でございます。何も妻にするというわけでなし、ただご寵愛《ちょうあい》なさるだけならば……」

「女人を置くのはかまいませぬ。ただ、藤袴だけはならぬ」

「何ゆえですか。藤袴殿《どの》は非の打ちどころのない方です。無論、一宮さまの北の方にはふさわしくないでしょうけれど……」

「藤袴の人物などは関わりない」

「では、何ゆえに――」

賢子は取りすがるようにして尋《たず》ねた。

彰子にこうしてしつこく物を尋ねるなど、本来ならば許されないが、今度ばかりは理由が知りたい。

藤袴のために――身をなげうって賢子を守ってくれた友のために、真実が知りたい。そうでなければ、あの友に、どうして恋《こい》をあきらめよと言うことができるだろうか。

「実は……お二人は今宵《こよい》、お逢《あ》いになるつもりだと思います」

賢子は思い切って打ち明けた。

彰子がはっと息を呑《の》む気配が伝わってくる。

「越後弁《えちごのべん》よ。そなた、それを何としても止めなさい。これは、わたくしの命令です」

「皇太后さまがそう仰《おお》せになるのなら、従います。でも、おそれながら、理由をお聞かせいただけないでしょうか」

彰子からの返事はなかった。

「藤袴殿は私の友でございます。友の恋を助けるのではなく、阻《はば》むのはつろうございます」

賢子が必死になって訴《うった》えると、彰子の眼差しが賢子にしっかりと据《す》えられた。それは、痛ましい者に向けられるような眼差しだった。

「これは、大事なる秘めごと。無論、一宮は決して知らぬことだが……」

彰子は低い声でささやくように言った。

「藤袴は……一宮の双子《ふたご》の妹なのです」

「……え」

声が喉《のど》のところに詰《つ》まってしまったようだ。それに、彰子の言葉をすぐには理解できないし、納得もできない。いくら何でもそんなことが……。

だが、賢子の理解が追いつかないことなどかまうことなく、彰子の言葉は続けられた。

「双子は縁起《えんぎ》が悪いゆえ、ずっと隠《かく》されて伊勢神宮《いせじんぐう》の末社《まっしゃ》で、ひそかに育てられていた……」

「そ、そんな……」

「先帝《せんてい》はご存じのことであった。わたくしは先帝が息を引き取られる直前に、ことを知らされました」

語尾がかすかに震《ふる》えている。それでも、彰子は語り続けた。

「見てみたいと思ったのです。先帝《せんてい》と亡き皇后さまの……本来ならば二番目の姫宮《ひめみや》。手厚くできるだけのことをしてやりたかった……。哀《あわ》れな姫宮のために――」

敦康と藤袴が実の兄妹だった。

(藤袴殿《どの》が御匣《みくしげ》殿に――いいえ、先帝の皇后さまに似ていたのは当たり前だったんだわ)

叔母《おば》と姪《めい》、母と娘《むすめ》だったのだから――。

だが、いくら何でも、そう想像するのはあまりに突飛《とっぴ》すぎた。あり得ない話だった。

「一宮と藤袴が惹《ひ》かれ合うのは、当たり前のこと。それを恋《こい》のように感じたのは、あの年ごろであれば無理もない。されど、違《ちが》う。二人が惹かれ合ったのは、互《たが》いの中に流れる同じ血が為《な》せることなのです」

彰子の声はもう震《ふる》えていなかった。

「二人を逢《あ》わせてはならぬ。また、藤袴はともかく、一宮の耳には双子《ふたご》の件を入れてはならぬ」

きっぱりと強い口ぶりで、再び賢子に命じる。賢子も我に返って気を取り直した。

「なぜでございますか。ご存じになれば、一宮さまも納得なさるでしょうし、また、妹に再会できたことをお喜びになられるでしょうに……」

「双子は不吉《ふきつ》。ゆえに秘められたことなのです。それを知れば、一宮は皇位に就こうという気を失くすであろう」

「あっ……」

彰子はまだあきらめていないのだ。敦康を帝に為すという夢を――。

いや、敦康が双子だと知っていながら、その夢を抱《いだ》いたのだ。彰子の決心のかたさは並のものではない。

だが、それは政敵である道長はもちろんのこと、敦康本人にさえ知られてはならぬ秘密であった。

（皇太后さまは、孤独《こどく》でいらっしゃる）

ふと、賢子はそう思った。

それでも、彰子は戦おうとしている。

（私が、皇太后さまをお支えしなければ――）

賢子はこれまでよりもいっそう強く、その誓《ちか》いを心に刻んだ。

それから、居住まいを正し、改めて両手を床について彰子に告げる。

「藤袴殿にはひとまずどこかへ身を隠《かく》すよう、お勧《すす》めいたします。ただ、納得していただくには、ご素性《すじょう》を打ち明けねばならないでしょうが……」

「かまわぬ。知ったからといって、藤袴が一宮の害となることを為すとは思えぬゆえ。ただ……」

そこまで賢子に告げた後、彰子は独り言のように続けた。

「今の藤袴は、己《おのれ》の素性《すじょう》を知っているのではないか……」

「えっ……」

賢子は思わず声を上げてしまった。だが、彰子もまた、自分の思いにとらわれていたらしく、賢子の非礼をとがめることはしなかった。

「この御所《ごしょ》にいた頃《ころ》の藤袴は、確かに己の素性を知らなかった。ただ、この都に兄がいると聞き、兄に会いたくて、わたくしの申し出を受けたと話していた。それが一宮のことだと、わたくしは打ち明けてやれなかったが……」

本当は打ち明けたかったのだろう、彰子の声は苦渋《くじゅう》に満ちていた。

ただし、その秘密は藤袴が御所にいる間は、本人にも隠《かく》さねばならぬものだったが、御所を去った後には打ち明けることになっていたと彰子は言う。藤袴を彰子の御所に迎《むか》える時、この秘密に関わった彰子や中納言隆家《たかいえ》の間で、そういうことに取り決めてあったらしい。

「姫宮《ひめみや》のことをよろしく頼《たの》むと、先帝《せんてい》（一条天皇）から託《たく》された時、いずれは真実を知らせてやってほしいと頼《たの》まれました。それゆえ、わたくしは姫宮が十五になったら、その成長した姿を先帝の代わりにしかと見届け、それから知らせてやろうと……」

彰子の呟《つぶや》きは、独り言とも賢子相手に話しているとも取れる調子で続けられてゆく。だが、その言葉は途中《とちゅう》から、賢子の耳には届かなくなっていた。

（ならば、藤袴殿《どの》は一宮さまが会いたかった兄君とも知らず、恋《こい》をしてしまい……。その後、兄君だと知ってしまったことになる）

思い返せば、御所にいた頃《ころ》、敦康からの文をくり返し読んでいた頃ののびやかな明るさが、先日の藤袴からは失われていた。やけに深刻な様子であったたし、敦康との仲に希望などまったく持てないというようなことも口にしていたではないか。

あれは、己《おのれ》の素性《すじょう》を知り、さらに初めての恋が決して許されないものだと知ってしまったせいではないのか。そうだとしたら、敦康に逢《あ》えばいいという賢子の勧《すす》めは、藤袴の心をいたずらにかき乱したことになる。

（許して、藤袴殿。私はかえって、あなたに過酷《かこく》な道を歩ませてしまった……）

賢子は不意に目が熱くなるのを感じ、慌《あわ》てて瞬《まばた》きをくり返した。

「すべてお任せくださいませ」

賢子は彰子に向かって頭を下げると、そのまま御前《おまえ》を下がった。

友のもとへ行かねばならない。つらく悲しい真実を告げるために――。

三

あった。

彰子《あきこ》の御前《おまえ》から戻《もど》ってきた賢子《かたこ》のこわばった表情を見て、頼宗《よりむね》はすべてを察したようで

賢子が何も言わぬうちから、

「中納言殿《どの》の邸《やしき》へ行くのなら、私が牛車《ぎっしゃ》で送ろう」

と、言ってくれた。

今、一人でなくて、本当によかったと賢子は心から思った。

やむを得ず知ってしまった秘密《ひみつ》の大きさに、打ちひしがれそうになる。その重大な秘密に、友が深く関わっているのだ。いや、友と申し上げるのもおそれ多いお方が――。

そのことが、賢子の混乱をよけいに深くしていた。

牛車の中で二人きりになると、

「私の牛飼《うしか》い童《わらわ》は牛を速く走らせる才に長《た》けているから、安心していいですよ」

賢子の心を和《やわ》らげるつもりか、頼宗は軽口めかして、そんなことを言った。確かに、揺《ゆ》れはそれほど大きくないのに、頼宗の牛車は速い。賢子は物思いにふけっていて気づかな

かったが、できる限りの速さで進ませよ、と頼宗が命じてくれたのかもしれなかった。

「一宮さまには、皇太后さまがお使いをやり、今宵《こよい》、御所《ごしょ》へお招きになるということです。おそらく皇太后さまが足止めをしてくださるのだと思います」

賢子が言うと、頼宗は安心したような表情を見せた。

「それはよかった。皇太后さまのご命令には、一宮さまも逆らえないでしょうからな」

何も知らない敦康《あつやす》は、藤袴《ふじばかま》に曇《くも》りのない恋心《こいごころ》を抱《いだ》いていたに違《ちが》いない。では、藤袴の方はどうだったのだろう。

恋心かどうか分からないと言っていたが、今となってはそうでなかった方がよかったかもしれない。

最後にもう一度だけ逢《あ》いたいと言った時の藤袴は、

――わたくし、もう逢えないことは覚悟しておりますの。

とも言っていた。それが妹として最後に逢いたいという意味であり、もう二度と敦康の前に姿を見せないつもりで口にしていたならば、あの時、すでに藤袴は己《おのれ》の素性《すじょう》を知り、別れを覚悟していたことになる。

(別れ――)

その言葉を思い浮《う》かべた時、胸がどきんとした。敦康親王との別れ――ということならば、やむを得ないと賢子も思っている。だが、それだけだろうか。藤袴は敦康とだけ別れるつもりなのだろうか。

（とにかく、藤袴殿《どの》に早く会いたい）

今、賢子の胸を占めているのはその思い一つであった。

だが、だからといって、先帝《せんてい》の第二皇女であると知った今、どんな顔をして会えばよいのか。当たり前のように、友の顔をしてお会いするのも図々しいのではないか。

（いいえ、どんなお方であれ、私たちは友になったのだもの。その絆《きずな》がたやすく切れることはない）

賢子があれこれ思い乱れている間に、牛車は三条の中納言邸《てい》に到着《とうちゃく》していた。

「お話が終わるまで、私はお待ちしておりますから――」

と言う頼宗の言葉を背中に聞きながら、賢子は駆《か》け出した。

清少納言ではない別の若い女房《にょうぼう》が、慌《あわ》てふためきながらやって来たが、

「藤袴殿の居場所は分かっておりますから」

と言って、案内役も蹴《け》散《ち》らすように、賢子は東の対《たい》へ向かった。

（藤袴殿、いらっしゃるわよね。どこかへ行ってしまったりしないわよね）

どうしてだろう。東の対へ近づけば近づくほど、ひとえに不安だけが増してゆく。

まるで藤袴がどこかへ行ってしまって、二度と賢子と会ってくれなくなるのではないかという不安。

そう、彰子の口から真実を聞かされて以来、混乱した心の中に生まれ出た不安のもとはそのことであったかもしれない。先帝の秘密の皇女が、自分たちのようなふつうの貴族の娘《むすめ》として生きられるはずがないのだ。藤袴はこれまでも人の目から隠《かく》され、伊勢神宮《いせじんぐう》の奥《おく》でひっそりと暮らすことを強《し》いられてきたという。

彰子はそんな皇女を不憫《ふびん》に思ってきたのだろう。亡き一条天皇との約束もあり、実現したのがこの度《たび》の宮仕えだった。だが、それも長くは続かなかった。

主な理由は道長の策略によるものであるが、それがなくとも、長く続くことはなかっただろう。藤袴の存在は人々の心をよくも悪くも大きく波立たせる。ひっそりと目立たぬように生きることなどできぬ人なのだ。

本人にその意志がなくとも、その美貌《びぼう》は人目についてしまうし、そうなれば、隠《かく》していたはずの秘密《ひみつ》が表に出る見込《みこ》みも高くなる。

彰子とて、それは分かっていただろう。いずれ、藤袴を再び人目から隠すつもりだったからこそ、宮仕えを終えた後には素性《すじょう》を明かすと決めていたのだ。

(まるで、かぐや姫《ひめ》のような人――)

清らかな月の世界から降り立った、穢《けが》れを知らない美しい姫。

(でも、私の友になったの！　美しいかぐや姫のようなあの子は、私の友になったのよ)

だから、連れて行かないで。月の国に帰ってしまわないで――賢子は胸の中でそう叫《さけ》んでいた。

「藤袴殿《どの》っ！」

賢子は居室の戸の前で叫《さけ》ぶなり、一瞬《いっしゅん》後に戸を開けていた。

相手が皇女と知った今、あり得ない無礼な振る舞いであることも頭から消え去っていた。

今、一瞬でも時を無駄《むだ》にすれば、藤袴は消えてしまう——そんな恐怖《きょうふ》に支配されていたのである。

だが、それは杞憂《きゆう》であった。

藤袴はそこにいた。だが——。

「ふじ……ばかま……殿？」

藤袴は笠《かさ》をかぶった旅装束《たびしょうぞく》に身を包んでいた。

「ど、どこかへお行きになるのですか」

「これは、越後弁《えちごのべん》殿……」

藤袴の傍《かたわ》らについていたのは、清少納言であった。旅支度《たびじたく》の世話をしていたらしい。その表情に困惑《こんわく》の色がある。

「藤袴殿は……急にお発《た》ちになるとおっしゃられて——」

「どうしてですか。どうして、今日、お発ちになるのですか」

賢子は必死になって言い募《つの》った。その様子に切羽詰《つ》まったものを感じたのだろう、清少納言は二人を残し、黙《だま》って几張《きちょう》の陰《かげ》に姿を消した。

「誰《だれ》かに脅《おど》されたのですか。だって、今宵《こよい》は七夕ですのに……。お逢《あ》いになると決めたお方も、おられますでしょうに」

賢子こそ、その人に「逢うな」と言うために来たのだが、自分の言っていることの矛盾《むじゅん》にさえ気づけなかった。藤袴が去ろうとしている——そのことが賢子から平常心を失わせていた。

「その人に逢ってはならないと、越後弁殿《どの》は言いに来られたのでしょう？」

藤袴は落ち着いた声で切り返した。笠《かさ》をかぶり、垂《た》れ衣《ぎぬ》で顔を覆《おお》っているので、その表情はつかみにくい。

だが、その落ち着きぶりは、ある事実を賢子に教えてくれた。

藤袴は彰子が話していたとおり、すでに知っているのだ。自分が何者かということを——。

「わたくしも本当は分かっていたのです。されど、逢いたいという気持ちに勝てず、差し上げてはならないお文《ふみ》を差し上げてしまった。今の今まで迷いました。でも……」

「お逢いしてはならない、ご自分でそう決められたのですね」

藤袴が敦康《あつやす》と逢ってはならない理由は、二人が不吉《ふきつ》とされる双子《ふたご》の兄妹ということより他にはない。

賢子はその場にひざまずいて尋《たず》ねた。

「女二宮《おんなにのみや》さま……でいらっしゃいますよね？」

返事はない。藤袴はそっと首を動かし、賢子から顔を背《そむ》けたようであった。

「わたくしは……一人で生きてきました。ずっとそうやって生きていくと思ってもいました。でも、都にお兄さまがいると聞いて……。一度でいいからお目にかかりたかった」

だから、都へ出て宮仕えすることを承知した、兄に会えばずっと謎《なぞ》だった自分の素性《すじょう》も分かると思った――そう藤袴は続けた。

その兄と己《おのれ》の素性を知らぬ妹が出会い、その結果、惹《ひ》かれ合った。もちろん、何も知らぬ兄はそれを恋《こい》と思っただろうし、恋というものを知らぬ妹の方は――。

「あの方がわたくしのお兄さまだと知った時、わたくしを襲《おそ》った気持ちが何なのか、わたくしはいまだに分かりません。濃《こ》い血の絆《きずな》を喜ばしく思うのか、恋してはならぬ相手であることが悲しいのか。ですが、それは、今のわたくしにはどうでもいいこと。わたくしがこの先、俗世《ぞくせ》の殿方《とのがた》と関わりながら暮らすことはないのですから」

悲しいことを言う。月へ帰ってしまったかぐや姫は、二度と地上には降りてこないということなのか。

「一宮さまへのお気持ちは分かりました。黙《だま》って去ろうというお心も、賢明《けんめい》なご判断と思います。けれど、あなたさまはこの私にも黙って、去ってしまうおつもりだったのですか」

敦康と自分とでは、藤袴の中で存在の重みが違《ちが》うだろう。そんなことは分かっている。

分かってはいるが、言わずにはいられなかった。

「私の母は、あなたさまのご素性《すじょう》を存じ上げていたのだと思います。あなたさまを時中《ときなか》さまのご息女と為《な》す工作をしたと聞きましたから。その母から言われましたの。あなたさまと親しくなりたいなんて、思わない方がいいと。母はあなたさまのご身分を知り、私とあなたさまでは釣《つ》り合わないと思ったのでしょう。でも、私はもうあなたさまを友と思い申し上げているのです。そう思ってしまった気持ちをなしにすることはできません」

賢子は必死に言い募《つの》った。

藤袴は立って顔を背《そむ》けたまま、まるで人形のように動かない。どれだけ言葉を尽《つ》くしても、分かってもらえないのではないかというもどかしさが湧《わ》いてくる。

藤袴にとって、敦康に会うことだけが大切で、宮仕えの中で親しくなった友のことなど、どうでもよかったのだろうか。

いや、そんなことはない。分かり合えず、離《はな》れそうになりながらも、結んだ絆《きずな》がそんなもののはずがない。


めぐりあひて見しやそれともわかぬ間に　雲隠《がく》れにし夜半《よわ》の月かな

賢子は自分でもそうと気づかぬうちに、一首の歌を口ずさんでいた。母の詠《よ》んだ歌であった。

――やっと再会したというのに、親友のあなたかどうか確かめる間もなく、あなたは夜半の月が雲に隠《かく》れるように私の前から去ってしまうのね。

口ずさみ終えた時、なぜ自分がこの歌を藤袴に聞かせたのか、その理由がはっきりと分かった。賢子はさらに言葉を継《つ》いだ。

「母は物語を書くくせに、歌はあまり得意ではありませんの。でも、昔の友に再会した時の心を詠んだこの歌だけは、私、好きなんです。悲しい歌ですけれど、心に響《ひび》くから好きだったんです。でも、あなたさまが去ってしまえば、私、この歌を嫌《きら》いになってしまいますわ。だって、私の心そのままなんですもの」

声に涙《なみだ》がにじむ。賢子は思いのすべてを言葉にのせて、もう一度言った。

「今の私の心の寂《さび》しさ、そのままなんですもの！」

賢子がそう叫《さけ》び終えるのと、藤袴の足が動き出すのは同時であった。

藤袴はついに賢子には何も告げぬまま、去ってしまおうというのか。

賢子は我知らず胸に手をやり、その時、懐《ふところ》の中に常に入れてあるものに気づいた。すぐに懐の中から取り出したのは――。

「これを覚えておられますか」

賢子はそれをぎゅっと握《にぎ》り締《し》めた後、手を前に突《つ》き出して叫ぶように言った。

藤袴の足が止まり、笠《かさ》ごと振《ふ》り返る。賢子は拳《こぶし》を開いた。手のひらの上には、紫《むらさき》色の香《かお》り袋《ぶくろ》がのっている。

「私はずっと肌身離《はだみはな》さず持っていました。ここにはあなたさまの香りが宿っているから。だって、私たちは……友なのでしょう？」

言い終えた直後、かつて聞いた藤袴の声がよみがえってきた。

――越後弁殿《どの》とわたくしは今、互《たが》いに最も親しい友同士なのですね。

かつてそう言ってくれた友の返事は……今はなかった。

しばらく動き出せずにいた藤袴は、やがてゆっくりと賢子に背を向け、再び歩き出そうとする。

「藤袴殿ーっ」

立ち上がってその後を追おうとする賢子の体は、几張《きちょう》から飛び出してきたらしい清少納言によって押《お》さえ込《こ》まれていた。

追ってはなりませぬ――というように、清少納言が首を横に振《ふ》る。そのいたわりと厳しさのこもった表情を見るなり、賢子は声を上げて泣き出してしまった。

「……ゆるして……ください」

ほんのかすかな声が耳に届いた。はっと顔を上げて、藤袴の方を見ると、小さくなってゆく背中しか見えない。それも涙《なみだ》でくもってはっきりとは見えなかった。

行かないで——とは言えない。言ってもならない。でも、せめて再び会えると信じさせてほしい。その約束だけでも交わしてほしい。

(だって、友というのはそういうものではないのですか)

だが、藤袴は去ってしまった。

許して……の一言だけ残し、約束も交わさずに去ってしまった。

「清少納言さま……」

全身の力が抜《ぬ》けてしまった賢子の体を、清少納言は優しく抱《だ》き留めてくれた。

「私……あの方のご本心が、また分からなくなってしまいました……」

「分からないことなんて、この世の中にはいっぱいありますよ」

清少納言は教え諭《さと》すように、優しく告げた。

「でもね、越後弁殿。今は分からなくとも、後から分かってくることもたくさんあるものなのです。だから、分からないとは決めつけないで」

いつかは、藤袴殿の気持ちが分かる日も来るでしょうから——清少納言のその言葉がすっかり冷えた賢子の心を、温かな湯水のごとく潤《うるお》してくれた。

四

万が一、敦康親王《あつやすしんのう》がここへ訪ねてきた場合のことを考え、もうしばらくここにいさせてほしいという賢子《かたこ》の願いを、清少納言は黙《だま》って聞き入れてくれた。邸《やしき》の主人である中納言隆家《たかいえ》の許しももらうと約束してくれた。

ただ、頼宗《よりむね》が牛車《ぎっしゃ》でここまで運んでくれたことを告げると、

「知らぬふりはできませんから、三位中将《さんみのちゅうじょう》さまのことも中納言さまにお伝えいたしますよ」

と、清少納言は少し厳しい顔つきで言った。

邸の門をくぐった時は、賢子の名しか伝えていなかったから、頼宗がこの邸にいることはまだ知られていなかったのかもしれない。頼宗が来たとなれば、隆家側も歓待《かんたい》しようと気をつかうだろうし、大袈裟《おおげさ》な話になる。

牛車を停めたところで待つと言ってくれた頼宗のもとへ戻《もど》るべきかと思ったが、清少納言が隆家に話を通すというので、賢子はそのまま藤袴の部屋で待ち続けた。

すると、ややあってから、清少納言が頼宗を案内して戻ってきた。

「越後弁殿《えちごのべんどの》、話は聞きました」

頼宗は言い、賢子の前に座った。清少納言は頼宗を案内だけすると、そのまま下がっていった。

「藤袴《ふじばかま》殿が急に去ると決めた気持ちは分からないではありませんが、あなたは大事ありませんか」

二人きりになると、頼宗は賢子に優しく尋《たず》ねた。

「……はい。ただ、あの方が私に何も言わずに、去ってゆこうとした気持ちが分からず、先ほどはずいぶん気持ちが乱れてしまいましたが」

「いろいろと心に抱《かか》えるものがあるのだと思いますよ。藤袴……いや、あのお方には――」

藤袴の正体を言い表す言葉は、二人ともあえて口にしなかった。

「はい。そうだろうと思います。私などがお気持ちを推《お》し量《はか》るのも、おそれ多いお方ですが……」

それでも、やはり友であり続けたいと思った。貴い身分の人に対しては、そう望んではいけないのだろうか。

悲しげに目を伏《ふ》せる賢子を前に、頼宗は話題を変えた。

「今日あなたが知ったことについてですが……」

そこでいったん、頼宗は口を閉ざす。無論、頼宗はすべて分かっているのだろうが、口には出さない。賢子とて口に出して言えるようなことではない。敦康親王が双子《ふたご》だなどということは――。

「誰《だれ》かの耳に入って、一宮さまの御身《おんみ》が危うくなるのではないかということは、心配なさらなくて大丈夫《だいじょうぶ》ですよ」

とだけ、頼宗は告げた。

そう聞いて、賢子はようやくその心配ごとに思いが至った。

藤袴のことで頭がいっぱいだったが、よく考えれば、敦康親王の誕生にまつわる秘密は――たとえば政敵である道長などに知られたら、とんでもないことになる。敦康親王はたちまち皇位継承者《けいしょうしゃ》の資格を失うだろう。

無論、この秘密を知る中関白家《なかのかんぱく》の者や彰子《あきこ》が、外に漏《も》らすはずはないから、道長が知っているはずはないが……。

そこまで考えた時、賢子ははっとした。

(頼宗さまだって、噂《うわさ》で聞いて疑っていらっしゃったのだわ。ならば、左大臣さまだって噂を耳にしたことがあったかもしれない)

そう思って、賢子が険しい表情を向けると、頼宗は賢子の内心をはっきりと読み取ったようであった。

「大丈夫です」

頼宗はきっぱりとした口ぶりで言い切った。

「仮に、父上がこのことを知ったとしても、世間に対して公にすることはできません。なぜならば――」

敦康親王の身を危うくしかねない者の正体をはっきりと示した上で、秘密にまつわる部分は言葉を濁《にご》しながら、頼宗はさらに先を続けた。

一条天皇の血筋に双子《ふたご》が生まれたと公表することは、すなわちこの血筋が不吉だと宣言するようなものである。それは、一条天皇の子である東宮敦成《あつひら》親王の立場を弱めることであり、道長がそんなことをするはずがない。

今の世の皇室は、二つの血筋に分かれており、それは亡き一条天皇の血筋と、今上《きんじょう》三条天皇の血筋である。つまり、一条天皇の血筋でなくとも、三条天皇の血筋だけで皇位を継《けい》承《しょう》していくことは可能なのだ。

実は、昨日の七月六日、中宮妍子《きよこ》は三条天皇の子を出産した。が、道長の期待に反して、皇女であった。つまり、今のところ、三条天皇の血筋に、道長の血を引く皇子《みこ》はいないということになる。

この状況において、たとえ敦康親王を皇位継承候補から外せるとしても、東宮敦成親王の立場まで悪くしかねない暴挙を、道長が犯すはずはない。

――という道理に適《かな》った頼宗の話を聞き、賢子もようやく安堵《あんど》することができた。敦康親王と藤袴の秘密《ひみつ》は、永遠に守られてゆくことになるだろう。

「ところで、一宮さまがお出ましになるのに備えて、あなたはこちらへ残るおつもりだと聞きましたが……」

頼宗は再度話題を転じて、賢子に尋《たず》ねた。

「はい。そうしようと思います。一宮さまが万一こちらへ来られた時、誰《だれ》もいないこの場所で立ち尽《つ》くされることを思うと、このまま帰る気持ちになれなくて……」

敦康のことは彰子が引き留めているというから、こちらへ来る見込《みこ》みはおそらく少ないだろう。だが、それでもここへ来ることがあれば、今の賢子よりもっとつらく寂《さび》しい思いに胸を引き絞《しぼ》られるに違《ちが》いない。

せめて、少しでもその気持ちを分かち合える自分がここにいれば、敦康の心も和《やわ》らぐのではないだろうか。

「お優しいお心づかいと思いますよ。私もできれば、あなたと一緒《いっしょ》にここに残りたいのですが」

頼宗はそこまで言うと、少し躊躇《ためら》うように口を閉ざした。次の言葉は聞くまでもなく想像がついた。

今宵《こよい》は七夕の夜、誰もが最も大切な人と過ごしたいと思う一夜である。

「……中納言殿《どの》に帰るよう勧《すす》められましてね」

頼宗は賢子から目をそらして、言いにくそうに続けた。賢子は顔を上げ、頼宗の整った顔を見つめた。

この邸《やしき》の主人である中納言隆家は、頼宗の妻伊子《いさこ》の叔父《おじ》である。この色好みの男を姪《めい》のもとへ帰してやろうとする心づかいは当然のことであった。

だが、自分が妻のもとへ帰りたいからだ――とはっきり言わないところが、頼宗の優しさでもあり、ずるさでもある。

それでも、そういう人を好きになってしまったのだと、賢子は自分の恋心《こいごころ》をほろ苦く思い返した。

「今宵《こよい》は七夕ですもの。中納言さまのおっしゃることはもっともです。頼宗さまは北の方さまのもとへお帰りにならなければなりませんわ」

賢子は頼宗の方をまっすぐに見ながら言った。寂しいという気持ちも、切ない恋心も、表に出してはいけない。それが頼宗への思いやりだと、賢子は自分に言い聞かせた。

頼宗は賢子に目を戻《もど》し、そこに涙《なみだ》も恨《うら》みがましい眼差しもないのを見て、ほっとしたようであった。ただ、

「今年の七夕には、あなたに歌を贈《おく》るという約束でしたが……」

とだけ付け足した。

(覚えていてくださったのだ)

たとえ自分を一番に想ってくれるのでなくとも、大事な約束を覚えていてくれたことが嬉《うれ》しかった。

頼宗はもう歌を用意してくれていたのかもしれない。だが、今、この乱れた心の状態で歌を贈《おく》られたとしても、心ゆくまで味わうことができるかどうか。

頼宗もそんな賢子の胸の内を理解してくれているのだろう。

「私の方からお願いしておいて申し訳ございませんが、それはまた別の機会にでも――」

賢子が言うと、頼宗もあっさりうなずいた。

「どうやら、その方がよいようですね」

そう言ってから、頼宗は立ち上がった。

賢子をその場に残し、一人出て行こうとした頼宗は、戸口で立ち止まると、

「私たちはこれからも、歌をやり取りできますよね」

と、続けた。その声にはどこか遠慮《えんりょ》がちな、そして、賢子を気づかうような響《ひび》きがこめられていた。

「もちろんでございますわ」

賢子は頼宗の方に体ごと向き直り、明るい笑みを浮《う》かべてみせた。その笑顔が引きつっていないことを、胸の内で祈《いの》りながら――。

「どうか、このことだけは忘れないでください。私は何があっても、あなたの味方ですよ」

何があっても――。それは、賢子が別の誰《だれ》かを好きになっても――という意味だろうか。それとも、賢子が頼宗の父道長からうとんじられていても――という意味であろうか。

だが、それを面と向かって問うことはできない。

頼宗はそれだけ言い残すと、戸の向こうへ消えた。

賢子はしだいに薄暗《うすぐら》くなってゆく部屋の中に一人取り残された。清少納言は頼宗をここへ案内した後は下がってしまったらしく、姿を見せる気配もない。

頼宗は今宵《こよい》、どんな歌を贈ってくれるつもりだったのだろうか。こんなことになるのなら、約束など交わさない方がよかったのかもしれない。果たされなかった約束は、その後も心の中に傷となって残り続ける。


星合《ほしあい》にかけて契《ちぎ》りし言の葉は　長き恨《うら》みとなりにけるかな

七夕のことを彦星《ひこぼし》と織姫《おりひめ》が出会うことにかけて、「星合」ともいう。

その星合の空にかけて約束したことは、果たされなかったこの先ずっと、恨めしい気持ちとなって残ってしまうのかしら。歌を贈ってくれるという頼宗の約束も、友になると誓《ちか》い合った藤袴との約束も――。

心の中に浮《う》かんでくる言の葉を、我知らず呟《つぶや》いていた時、慌《あわ》ただしげな乱れた足音が聞こえてきて、賢子を物思いからはっと目覚めさせた。

（もしや、一宮さま？）

――にしてはいささか品のない歩き方だ、という疑念が頭の片隅《かたすみ》をよぎったが、よもや他の人物とは思いもしない。

賢子は腰《こし》を浮《う》かしかけた。その一瞬《いっしゅん》後、

「越後弁殿《どの》っ！」

大きな声を上げながら、戸を開けて姿を見せたのは、敦康《あつやす》ではなかった。

「兼隆《かねたか》さま――？」

賢子の方も仰天《ぎょうてん》して、ぽかんと兼隆の顔を見つめてしまう。

「粟田参議《あわたのさんぎ》さま、お待ちくださいませ。そのように急がれてはとても追いつけませぬ」

息を切らしながら、兼隆を追いかけてきたらしい清少納言の声がする。

兼隆は振り返ると、体をどけて、清少納言のために戸口の場所を空けた。それから、再び賢子の方へ顔を向け、

「皇太后さまの御所《ごしょ》へ参上したら、あなたが頼宗殿といずこかへ去ったというではありませんか。居ても立ってもいられず、その場に残っていた頼宗殿の従者を脅《おど》し……いや、説得して吐《は》かせたのです」

と、ここへ至った事情について、兼隆は説明した。

返事のしようがなくて、賢子が「はあ……」とうなずいていると、ようやく清少納言が追いついてきて戸口から顔をのぞかせた。

「三位中将さまはもうお帰りになったと申し上げましたのに、ご自分の目で確かめるまでは安心できないなどとおっしゃって……」

清少納言は息を整えながら、それだけ言うと、賢子に向かって苦笑を浮《う》かべた。

「頼宗殿は確かにおられないようですな」

兼隆はまだ疑いの念を抱いているのか、部屋の中をきょろきょろと見回している。その様子に、

「私がうそを申し上げたとでもおっしゃるのですか」

と、清少納言が目を剝《む》いた。

さすがに兼隆は慌《あわ》てて「いや、そういうわけではないのだが」としどろもどろに言い訳している。

賢子はそんな兼隆の様子を見ていると、こんな時ではあったが、噴《ふ》き出しそうになった。

「少納言さまのおっしゃるとおり、頼宗さまはお帰りになられました。今宵《こよい》は七夕ですもの。北の方さまとご一緒《いっしょ》にお過ごしになるのだそうです」

「それならば、どうして頼宗殿が越後弁殿と一緒にこちらへ来られたのです?」

「私が藤袴殿に会いたくて送っていただいたのです。ここには藤袴殿が暮らしていらっ

しゃったのですが、先ほどお発ちになってしまわれました。私はただ立ち去りがたくて……」

「そうでしたか」

とうなずきかけた兼隆は、その直後、あることに気づいたらしく、顔をぱっと明るくした。

「ならば、越後弁殿《どの》は帰りの牛車《ぎっしゃ》がなくてお困りでしょう。私がお送りいたしますゆえ、ご安心なされよ」

断る理由もなくて、賢子が黙《だま》っていると、それを承諾《しょうだく》と受け取ったらしく、兼隆はにこにこした。

それを横目で見ながら、

「越後弁殿のお帰りの際には、こちらでお車をお貸しいたしますが……」

と、清少納言があきれたような様子で口を挟《はさ》む。

「いやいや、それにはおよびませぬ。越後弁殿はこの兼隆がしかと送り届けますゆえ」

胸を張って言う兼隆に、清少納言はしょうことなしにうなずいた。

「そうですか。まあ、せっかくお越《こ》しになられたのですから、ごゆっくりなさいませ。食事や水菓子《みずがし》などこちらへ運ばせますゆえ、お寛《くつろ》ぎくださいますよう」

清少納言が下がってゆくと、ややあって別の女房《にょうぼう》が灯台《とうだい》に火を点《つ》けにやって来た。それから、しばらくして折敷《おしき》にのせた食事が運ばれた。兼隆のためなのだろう、酒も用意されているようだ。

女房《にょうぼう》たちが去ってしまうと、部屋の中は兼隆と二人きりになり、急にひっそりとしてしまった。

賢子はものを口に入れる気分でもなかったので、立ち上がって簀子《すのこ》の端《はし》まで出た。夕方の空はすでに暗く、星が瞬《また》いているのが見える。

晴れた夜空に浮《う》かぶ天の川を、今宵《こよい》、彦星《ひこぼし》は織姫《おりひめ》に逢《あ》うために渡《わた》るのだろう。

（それなのに、私は友にも去られ、恋《こい》しいお方にも……）

そう思った途端《とたん》、目の中の星がにじんだ。

「越後弁殿……」

気がかりそうな声が頭上から降ってくる。気がつくと、兼隆の気配がすぐ後ろにあった。

「私は……」

泣いてなどいない——そう言おうとしたそばから、声が涙《なみだ》ににじんでしまった。今さら、泣いていないとは言えない。

「私が……泣いているのは、頼宗さまに置いて行かれたからではありませんわ」

賢子はそう言い直した。「そうだろうとも」と強く応じてくれるかと思いきや、兼隆は何も言わなかった。それが、まるで腫物《はれもの》に触《ふ》れるような扱《あつか》いをされているようで気に入らない。

「本当です。藤袴殿《どの》が行ってしまわれたから……。大切な友を失くしてしまったから、涙《なみだ》が止まらないの」

言い募《つの》れば言い募るほど、涙があふれてくる。賢子はしゃくり上げそうになるのを、必死にこらえた。

「もう何もおっしゃるな。今宵《こよい》、あなたの大切な人が二人も去ってしまわれた」

私はすべて分かっている――というように、兼隆は優しく言った。

「されど、どんな悲しみが訪《おとず》れようと、あなたは決して立ち止まらない。前へ向かって進み続ける人です。そんなあなたから、私は目をそらすことができない。そして、忘れないでください。私はずっとあなたのそばにいるということを――」

慈《いつく》しみのこもったその声に、流れ落ちる賢子の涙は止まることがない。

「ただし、あなたがお嫌《いや》ならば、今宵私は一晩中、この簀子にいよう。あなたは私に気兼《きが》ねすることはない」

見返りを求めることのない人の優しさが、何よりも心に沁《し》みた。

「簀子では、夜が更ければ寒くなりますわ」

賢子は袖《そで》で涙をぬぐいながら言った。

「今宵はとても眠《ねむ》れないでしょうけれど、一人でいると、いろいろなことを考えてしまい

そうです。ですから、もしも兼隆さまがずっと私の隣《となり》にいてくだされば、嬉《うれ》しゅうございますわ」

果たされなかった約束に傷ついた心の痛みは、すぐではないけれど、いつかは癒《いや》されるのかもしれない。癒そうとしてくれる優しい人がそばにいてくれる。御所へ帰れば、賢子を危機から救おうとしてくれた馴染《なじ》みの友たちもいる。

涙《なみだ》に洗われた目でもう一度、星空を眺《なが》めれば、大切な人たちの面影《おもかげ》がいくつも、明るく浮《う》かび上がって見えたような気がした。

結びの章

七夕の夜から二十日ほどが過ぎた文月《ふみづき》の下旬《げじゅん》――。

賢子《かたこ》は小馬《こま》に誘《さそ》われて、その自宅へ招かれた。すでに故人である父藤原棟世《ふじわらのむねよ》が遺《のこ》した邸《やしき》で、今は清少納言と小馬がそれぞれ宮仕え先から下がって休む邸として使われているのだという。

「お母さまが、あなたとゆっくりお話がしたいって、言うものだから――」

賢子は小馬からそう言われ、喜んでその誘いを受けたのだった。

「私も、清少納言さまとお話がしたかったんです」

四条にあるその邸に、賢子と小馬が到着した時にはもう、清少納言は先に着いていて二人を迎えてくれた。

部屋に通されて挨拶《あいさつ》を取り交わし、ひとまずの雑談も途切《とぎ》れた頃《ころ》になると、小馬は少し休みたいからと言って、先に下がっていった。

「気をつかっているのでしょう」

清少納言が呟《つぶや》くように言う。

清少納言と賢子の二人は、自分の知らない何かを隠《かく》している——おそらくは、小馬もそう思っているだろうに、それをあえて尋《たず》ねるようなことはしない。慎《つつ》ましく優しい人柄《ひとがら》の小馬らしい配慮《はいりょ》であった。

「あの子は実の母と幼い頃《ころ》に死に別れたので、私がずっと育ててきたようなものなのですよ。でも、ああいう慎ましいところは、ちっとも私に似ていない……。実の母親がそういう人だったのではないかと、時折、ふっと思うことがあるの」

清少納言は賢子に聞かせるでもなく、そんなふうに言った。

「小馬さまのお人柄のよさは、類《たぐ》いまれなものだと思います。あのような方はめったにおられるものではありません」

賢子が言うと、清少納言は急に疑わしそうな目をして、賢子を見つめた。

「本当にそう思っているの？」

「思っていますけど……。どうしてお疑いになるんですか」

賢子が驚《おどろ》いて訊《き》き返すと、清少納言はふふっと面白そうに笑った。

「だって、人がいいっていうのはほめ言葉ではないでしょう？　お人よしで人に利用されやすい愚《おろ》か者——そういう意味で使うものではなくて？」

「わ、私は、そんな意味では——」

賢子は慌《あわ》てて首を横に振《ふ》る。

「もちろん、今のあなたがそんな意味で言っていないことは分かっていますよ。でも、これまでにあなたはそう思ったことがあるのではなくて？　ああ、この小馬っていう娘《むすめ》は、人がいいだけの莫迦《ばか》な娘だ、って――」

確かにある。

恐るべし、清少納言――。さすがに切れ味の鋭い文を書く『枕草子』作者だけのことはある。賢子のような小娘の考えることなど、すべてお見通しというわけか。

賢子が返事をできないでいると、清少納言は声を立てて笑い出した。

「それでも、あなたは私の娘を好きだと思ってくれている。それも、よおく分かっていますよ」

「あの、私は……」

賢子が言い訳がましく口を開くと、清少納言はそれを遮《さえぎ》って続けた。

「私があなたの気持ちを、どうしてこうもよく分かるかというとね」

まるで大事な秘密を打ち明けようとするかのように、一呼吸置いてから、清少納言は続けた。

「私も同じように考えていたからなのよ」

「えっ……」

「小馬を育てながら思っていたの。この子はこんなに素直すぎて、世の中を渡《わた》っていけるのだろうかって。世の中にはずるくて、意地悪で、やたら他人を攻撃《こうげき》したがる人が大勢いるのに、ちゃんと生きていけるのかしらって」

「そうなんですか」

「それは、私自身がずるくて意地悪な性質《たち》だから、分かったことなの。小馬みたいな子には、決して分からないことだわ」

不思議なものよね——と、清少納言は感慨《かんがい》深そうな声になって呟《つぶや》く。

「手塩にかけて育てた娘《むすめ》は、自分にまったく似ていなくて、縁《えん》もゆかりもなかったあなたの方が、私に似ているところがあるなんて——」

「あのう。それってもしかして、私のことをずるくて意地悪で攻撃好きだとおっしゃってるのですか？」

「あら、違《ちが》っていたのかしら」

清少納言は澄《す》まして言う。

「いいえ、違っておりません」

賢子は苦笑しながら、素直に認めた。だが、何だかこのまま引き下がるのは、口惜《くや》しい気がして、

「私の母は小馬さまのことをこう思っているはずです。ああ、まさにこういう子こそ、私

が育てたかった理想の娘だわ、って」

と、賢子は続けて言った。一瞬、その両眼に驚《おどろ》きの色を浮《う》かべた清少納言は、たちまち目を輝《かがや》かせた。

「本当に、あなたって私に似ているわ。不思議なくらい」

いたずらっぽく笑ってみせた清少納言の舌は、さらに滑《なめ》らかに動き続ける。

「でも、私たちは、ずるくて意地悪で攻撃好きなだけじゃないわ。そんな人、この世の中の塵芥《ちりあくた》みたいなものですからねえ」

「……はあ」

「私たちは、小馬みたいな人を見たら、好きにならずにいられない。守ってあげなくちゃいけない、そう思ってしまう。そうじゃありませんか」

「そう……かもしれません」

「小馬みたいな人だけではない。悲運の人や、哀《あわ》れな人を見れば、手を差し伸《の》べてしまう。それが、あなたという人なのですよね」

しみじみとした口ぶりになって、清少納言は言った。賢子を見つめる眼差しには、まるで母か姉のような親しみがこもっている。

「中関白家《なかのかんぱく》が衰退《すいたい》しかけてからずっと、私が亡き皇后さまを見捨てられなかったように——。あなたはあのお方——藤袴《ふじばかま》さまが幸せになれるよう、手助けしようとしてくれたのですもの」

確かに藤袴の幸せを願ってはいた。だが、それはただでさえ複雑だった状況《じょうきょう》を、さらに複雑にしただけのことではなかったのか。

――七月七日の夜を待たず、藤袴は都を去り、当夜、敦康《あつやす》は中納言の邸《やしき》を訪ねてはこなかった。彰子《あきこ》から御所《ごしょ》に招かれ、引き止められてしまったからである。

翌朝になって、賢子は兼隆《かねたか》とともに中納言の邸を去った。御所へ戻ると、なおも引き止められていた敦康と顔を合わせたので、藤袴が去ったことを賢子は正直に伝えた。

蒼《あお》い顔をした敦康は藤袴の行き先を訊《き》いてきたが、賢子には答えようもない。どうして去ったのかという理由もしつこく問われたが、それはなおさら言うわけにはいかなかった――。

「あのう、藤袴殿《どの》……いえ、姫宮《ひめみや》さまは――」

慌《あわ》てて言い直した賢子の言葉を、清少納言は柔《やわ》らかな眼差しで遮《さえぎ》ると、

「そのようにかたくお考えにならないでよいのですよ」

と、微笑《ほほえ》みながら言った。

「あのお方もあなたには、かしこまった呼び方などされたくないとおっしゃっておられました」

「と言われましても、どうお呼びすれば……」

「藤袴――と呼べばよろしいのでは？　友とはそういうものでしょう？」

藤袴は清少納言に、自分のことを友と言ってくれたのだ。賢子の胸は熱くなった。

「あの方からお便りを預かっています」

清少納言は不意にそう言うと、懐《ふところ》から文を取り出した。

「ふ、藤袴殿が私に文を――？」

賢子は舌をもつらせながら、どうにかそれだけ言った。しかし、手を出して受け取ることができない。そんな賢子の右手を取ると、清少納言は文をその上にのせ、その文の上に指で、ある文字を書いてみせた。

「『友』という真名《まな》（漢字）は、右手と右手を取り合うことから生まれたのですよ」

そう言って、微笑んでみせる。

清少納言は藤袴にも同じことを告げたことがあるのではないか。そして、今、遠く離《はな》れた藤袴の右手から文を受け取り、賢子の右手に渡《わた》してくれている。

清少納言の手が離れ、賢子の右手には友からの文が残された。賢子は我に返り、包み紙から文を取り出そうとするのだが、指先が震《ふる》えてうまく開けないのがもどかしい。

「越後弁《えちごのべん》殿」

という書き出しで、文は始まっていた。繊細《せんさい》で品のある細い文字が薄墨《うすずみ》で書き連ねられてある。

「先だってのあなたのお心づかい、それにも増して、わたくしが御所に参った時からずっと、あなたがわたくしにしてくれたご親切に心から感謝しています。

前に、あなたのご親切に、胸がふんわりと温かくなったと申し上げましたが、わたくし、なぜあんなふうに言ったんでしょう。あなたがわたくしにしてくださったことは、それほどたやすいものではない。今のわたくしは、胸を熱くし、涙《なみだ》をあふれさせずには、あなたを思い返すことができないというのに……。

わたくしは……兄宮さまにもあなたにも、黙《だま》って姿を消そうといたしました。あなたはそのことで、さぞわたくしをお怒《いか》りでしょう。されど、わたくしにはあなたにどう別れを切り出せばいいのか、分からなかったのです。

あなたがかつて、わたくしに親しくなろうとおっしゃってくださった時、どう応《こた》えればいいのか分からなかったのと同じ——。世間知らずのわたくしを、どうか許してください。

別れ際、あなたはおっしゃいましたね。わたくしの香《かお》り袋《ぶくろ》を、今も持っていてくださると——。わたくしもあの時、いいえ、今もずっとあなたの香り袋を肌身離《はだみはな》さず持っておりますわ。

時折、取り出しては、あなたそのもののようなさわやかな香りを懐《なつ》かしんでおります。

そう、あなたは夏のさわやかな夜明けそのもののような人――。

いつでも、わたくしを――いいえ、わたくしだけでなく、周りの人を明るく正しい方向へと導いてくださる。そんなあなたが友であることを、わたくしは心から誇《ほこ》らしく思いますの。

今は都を離《はな》れますけれど、あなたにはまた、お会いできると信じております。

その時、わたくしはあなたに、あなたのお母さまのような思いを、決してさせません。

だから、お母さまのお歌を嫌《きら》いにならないで差し上げて。あのお歌は、お母さまの寂《さび》しく悲しい思いが珠玉《しゅぎょく》の言《こと》の葉《は》でつづられたすばらしい出来栄えですもの。

わたくしはあなたのお母さまのお歌が好きですわ。でも、あなたはわたくしとの友情を、お母さまとは違《ちが》うふうに詠《うた》ってくださるわよね。誰《だれ》よりも大切な親しき友を、わたくしは信じております」

親しき友という言葉を目にした途端《とたん》、文字がかすんで見えなくなる。

何よりすてきな言葉、この言葉をもっとじっと眺《なが》めて、心ゆくまで味わいたいのに――。

（藤袴殿《どの》――）

賢子は目に浮《う》かぶ雫《しずく》を手の甲《こう》で払《はら》いのけ、胸の中で呼びかけた。

（もちろんですわ。私、お母さまに負けないだけの歌を作ってみせます。私の友、藤袴殿のために——）

賢子は友に語りかけながら、そっと目を閉じた。

めぐりあふ契《ちぎ》りはことにかたければ　雲より夜半《よわ》の月も出《い》でなむ

——再会しようという私たちの約束はとてもかたくて確かなもの。だから、雲に隠《かく》れる夜半の月のように去ってしまったあなただって、いつか必ず私の前に現れてくれる、私はそう信じています。

母の歌をもとにして、新たに作り変えた歌がすっと頭に思い浮《う》かんだ。

この歌を、文《ふみ》の返事として藤袴のもとへ届けてもらおう。そう思いながら瞼《まぶた》を開けると、手に持ったままの藤袴の文が目に飛び込んでくる。

友という美しい文字は、月の光を反射する夜の水面《みなも》のように、きらきらと輝《かがや》きを放って見えた。

引用和歌

主《ぬし》知らぬ香《か》こそ匂へれ秋の野に　誰《た》が脱ぎかけし藤袴ぞも（素性《そせい》法師『古今和歌集』）

逢《あ》ふまでとせめて命の惜しければ　恋こそ人の祈りなりけれ（藤原頼宗『後拾遺和歌集』）

人の親の心は闇にあらねども　子を思ふ道にまどひぬるかな（藤原兼輔『後撰和歌集』）

めぐりあひて見しやそれともわかぬ間に　雲隠れにし夜半の月かな（紫式部『新古今和歌集』）

星合《ほしあい》にかけて契《ちぎ》りし言の葉は　長き恨みとなりにけるかな（大弐三位《だいにのさんみ》＝賢子『大弐三位集』）

作　篠 綾子（しの・あやこ）

1971年、埼玉県生まれ。東京学芸大学卒。第4回健友館文学賞受賞作『春の夜の夢のごとく——新平家公達草紙』でデビュー。主な著書に『白蓮の阿修羅』ほか「更紗屋おりん雛形帖」シリーズ、「藤原定家 謎合秘帖」シリーズ、「代筆屋おいち」シリーズなど。

絵　小倉マユコ（おぐら・まゆこ）

神奈川県生まれ。東京都在住。会社員を経て、2010年よりフリーのイラストレーターに。東京デザイン専門学校キャリア・イラストレーションコース修了。書籍の装画や挿絵をはじめ、広告などのイラスト制作を手掛けている。oguramayuko.com

紫式部《むらさきしきぶ》の娘《むすめ》。賢子《かたこ》はとまらない！

2017年9月13日　初版第1刷

著者　篠 綾子
画家　小倉マユコ

装丁　成見紀子
編集協力　遊子堂
編集　荻原華林

発行者　松岡佑子
発行所　株式会社 静山社
〒102-0073　東京都千代田区九段北1-15-15
電話 03-5210-7221

印刷・製本　中央精版印刷株式会社

Published by Say-zan-sha Publications Ltd.
Printed in Japan. ISBN 978-4-86389-391-7